U0355513

/ 雅趣文丛 /

探花赶考录

蔡小容 著

北京大学出版社
PEKING UNIVERSITY PRESS

图书在版编目（CIP）数据

探花赶考录 / 蔡小容著. -- 北京：北京大学出版社，2016.10
（雅趣文丛）
ISBN 978-7-301-27223-7

Ⅰ. ①探… Ⅱ. ①蔡… Ⅲ. ①散文集 – 中国 – 当代 Ⅳ. ①I267

中国版本图书馆CIP数据核字(2016)第136753号

书　　名	探花赶考录 Tanhua Gankao Lu
著作责任者	蔡小容 著
责任编辑	于铁红 周彬
标准书号	ISBN 978-7-301-27223-7
出版发行	北京大学出版社
地　　址	北京市海淀区成府路205号 100871
网　　址	http://www.pup.cn　新浪官方微博：@北京大学出版社 @培文图书
电子信箱	pkupw@qq.com
电　　话	邮购部 62752015　发行部 62750672　编辑部 62750883
印 刷 者	北京市松源印刷有限公司
经 销 者	新华书店
	889毫米×1194毫米　32开本　9印张　200千字
	2016年10月第1版　2016年10月第1次印刷
定　　价	48.00元（精装）

未经许可，不得以任何方式复制或抄袭本书之部分或全部内容。
版权所有，侵权必究
举报电话：010-62752024　电子信箱：fd@pup.pku.edu.cn
图书如有印装质量问题，请与出版部联系，电话：010-62756370

目录

辑一　自叙体

辑二　书话志

辑四　读严记

/ 辑一 / 自叙体

探花赶考录

【前因·其一】

我想考一个文学博士。大学里的人都知道，这没什么了不起的，只要你在今天的高校里待着，或迟或早你都将成为博士。在高校里待着而不是博士，职称是休想了，扫地出门都有你份。而另一方面，考博本来也没那么难，肯定不比高考难，也不比考研难，前两关都过了，这第三关，你要活下去就总归能过。

我动念考博，也是想找点事做。我的女儿一岁多了，养育的过程虽乐在其中，却也让我在两三年的时间里几乎不曾动过笔，也没正经看过书。从前驾轻就熟的文字道路，现在成了漆黑一团，我连我的惯用句式都给弄丢了。文学不是我的专业，但它是我的技艺，我想利用考博捡它回来。

【前因·其二】

三年前，本校中文系的一位女研究生打电话给我，说她的导师让她来复印我在《十月》上发表的长篇小说《日居月诸》，希望我提供方便。来找我取书的是位男生，我给了他我的小说打印稿，还有我为此小说作的三十多幅插图，事隔几个月再碰到他时，我问："那你们的导师是谁呢？"——话一出口，我忽然醒悟这才是一句该问的话，只是问得迟了，上回我不止怠慢，看上去更像是傲慢。男生说，他的导师是昌切，他的女同学的导师是樊星。昌切、樊星，都是中文系的著名教授，他们厚意垂爱，而我连问都不问，怎么弥补呢，考博吧，把这个事情做圆。我就报了樊老师的博士。

【考试科目】

1. 英语

2. 中国现当代文学

3. 中国现当代文学与古代文学、外国文学

【参考书目】

1.《中国现代文学三十年》钱理群、温儒敏、吴福辉 著　北京大学出版社

2.《中国当代文学概论》於可训 著　武汉大学出版社

【复习】

“偶狂吐血”，唯有用网络语言才能形容我看到往年考题时的感想。鲁迅与佛教文化、王蒙与李商隐、韩少功与楚文化的精神联系……天啊，谁能回答，谁能在考场上当场写出论文，都该立即授予该考生以博士学位啊。我想到一个绝妙人选，他可以去考：叶兆言。叶兆言对中国现代文学十分精熟，了如指掌，哪怕考到张闻天头上，他都可以！但叶兆言不需要去考，需要考的是我。

我觉得没指望考上，故以看闲书的心态来读那两本参考书。没曾想，它们很好看，文字老辣精当，指意转圜多端，可圈可点之处甚多。用做教材的学术书，必须写得均匀、公允，可是我从其间窥见了不少春秋之笔和暗里的幽默——让我笑个不了，这复习。我理想的复习程序是，以这两本学术书为框架，按图索骥，把我从前看过的书对照着再看一遍，重建我的业已坍塌了的“体系”。而实际上我没可能这样做，每天只有晚上等小女儿睡了之后才有一点时间翻翻书，白天我得上课、备课、带她。我每天带着一岁多的小女儿爬珞珈山（我没有什么育儿方法，只相信爬山会令她强壮）。山上正在翻修上世纪三四十年代遗留下来的老别墅，从前凌叔华、苏雪林她们就住在这里，是我正在复习的中国现代文学的活插图。

【插曲】

复习的中途，我收到一封邮件，来自《收获》的编辑钟红明，是我三个月前投给她的一个中篇小说的回音。她说，她很喜欢，但希望我再修改一下，并写了一些修改意见。她的信写得非常客气：“……我通常不在终审意见出来之前折腾人，但我又觉得动一动感觉会更好，更有把握……如果很快得到你的回复，我会很开心的。我很想这个小说有机会通过。”

我马上投入修改。这个小说是我的一个挣扎，我差不多当它是最后一搏，试探自己究竟还能否继续写作。如果它能上《收获》，我将被提起来，部分地恢复信心，再接着写。长久不写也不觉如何，一旦写起来才知道写有多快乐。我改了一星期，那是飞腾的一星期，之后还有延续，那股飞腾的能量蕴蓄在我的心脏、步伐与身姿之中。

两个月之后有了终审结果：没有过。其时飞腾的力量已泄尽，我只是感念钟红明，我那么褊狭的小说她喜欢，我这样的群众来稿她也认真。但是有一种伤悼的情绪弥漫，我心里在念一些模糊的词句，我努力辨认很久，才想起那是张谷若译的《苔丝》里的句子：“……下雨的天，就是一个模糊的道德神灵对她那无可挽救的终身悔恨表示的伤悼。”

我接着复习。李白写道："欲渡黄河冰塞川，将登太行雪满山。"后来我在考博复试英语时对考官说："I' m trapped by what I have written."——我被自己写的东西埋伏了。我被自己绕住了。我陷在一个窠臼里出不来。我想考博，考博是我对突围的真诚谋图。

【考试】

坐到考场上就知道，再让你哑掉的题目你都有话讲，因为你不能交白卷。每场考试三小时，发下十多页的空白答题纸等你去写满。三小时，我从来没发现时间会这样飞似的过，完全容不得你去想，看一眼题目就赶快写，拼命写，追上飞转的表针。下笔时还毫无观点，写着就有了，写到最后，观点也形成了。我好似一个应急要做一张桌子的木匠，仓促扯块板做了桌面，再拉杂搜出几根木棍杈作腿，敲敲打打，居然也把桌子立了起来。我不是按学术书答的，我是按我自己答的。成不成不知道，因为也别无他法，能写的都写了，我毫无遗憾地痛快。手写断了，我考完了。

【后果·其一】

初试成绩考后一个月在网上公布。我查询后，大为懊丧，这样中不溜的分，说明我的答卷并不被欣赏。这就如同文章——读我的文章的观感有三种：极喜欢、极不喜欢和“还可以”。我最不愿意要这“还可以”：如果你不认为我是惊才绝艳，那就是我俩无缘。这话说得太狂妄，把心态放平和些，我该看到有悬梁刺股地复习的人，考分比我还低。我才花了多少时间在复习呢？罢了，这也是天理昭彰。

所以我大感意外，当樊老师在电话里说我在报考他的十八名考生中名列第四，这导致我表错了情，我表现得喜出望外，忘了樊老师只招两个人。我就这样进入复试。复试包括面试、英语口试和加试，面试时还要提交一份关于本人科研经历、科研成果、科研计划的书面报告。

【科研报告】

此刻，我对着电脑，而不是将要对我进行面试的文学院教授，写下我对“拟从事研究的学科领域及研究方向的认识、设计思想和展望”。电脑上的虚拟纸张，盛纳我身临其境时可能难以出口的真实主张，待到它被打印出来成为一份“physical presentation”（物质呈现），呈交到各位教授手上，那就木已成舟，言出必行了。

我以英语专业的背景投考中文系博士，理由是，我热爱文学，并且曾经是一个写作者。但这两样并不提升我被录取的机会，因为写作不是中文系的培养方向，我的水准也不足以进入学院派视野。然而三年前，素昧平生的樊星教授授意他的研究生来找我复印我在《十月》

上发表的长篇小说《日居月诸》，至今想来仍是温馨可感的经历；去年我动念考博时，又得知樊老师的研究方向是“二十世纪中国文学与中外文化”，这与我的专业和爱好都恰好契合，所以，我将考博看作一个寻求转型与提高、摆脱自造窠臼的契机。中国文学与英美文学、写作与研究，两两之间，在我这里都还隔着一道沟壑，欠着一个融会。我希望到中文系学习，从专事文学的老师那里获益，也被那里的文学氛围托举，将自己锻造成视野广阔、内蕴深厚的文学研究者和写作者。

我将考博复习视为我的文学研究的起点。在此之前，虽然我对中国文学尤其是现代文学部分有过较为广泛的阅读，但我对它们的认识都是直觉的、感性的、个人化的观感，是欣赏而非研究。考博的两本指定参考书：北大钱理群教授等著《中国现代文学三十年》和於可训教授的《中国当代文学概论》，出乎我意料，可读性都很高，使我对学术著作有了新认识。评论家的工作是什么，在我看来，他们时常是帮助文学作品得以成立的。一部貌不惊人的作品，本来没甚意义，有了评论家的评论，意义出来了，就好像一钩似有若无的上弦月给补成了满月，从此它圆润、明白、朗照乾坤。一篇评论性文字可以漂亮到如此程度，以至于某个作品本身倒像是为了造就这篇评论才先期被创作出来的，使我情愿买椟还珠。我认识到，学术文章，在理趣为先、机杼自出之外，还可以写得骨肉停匀、顾盼生姿。这样的学术文章，我希望通过努力也能够写出来。

学术像一种标尺、一个坐标系，我以往的所知，在它之上都有投射，而我的认识与它相异之点，就形成好似斗转星移、聚散明灭的景观。以我打算研究的当代作家严歌苓为例，我第一次接触她的作品是在 1998 年，读到她的小说《白蛇》。甫一接触，我立即确认她是我最喜爱的作家，而在几乎读遍了她的所有作品之后，我仍然将《白蛇》列为我最喜爱的严氏小说。可以说我是她这篇小说所挑中的读者，不仅因为很多人读它无甚感想，而我对之情有独钟，还因为我浏览过也对这篇小说感兴趣的人所写的评论，令我意外，他们所谈的重点都是其中的同性恋情节，而我在阅读的过程中，对这个议题根本是视而不见的。我看见严歌苓分明是在写女人的心理，一个女人，由尊贵而绚烂的舞台跌落至荒凉绝望的境地，什么都失去了，包括她的自尊、廉耻，此时唯有对爱情的幻想能将她拯救，使她重新焕发生机与光彩。而至于那个幻想的实体究竟是什么，她是不管的。女人都是不管的，她们只要那个虚幻，不要实体。严歌苓在此是设计了一个极端的情况：那个幻想的实体，竟然根本不是一个男人，而是一个作男装打扮的女人，效果如何？反正对女主人公而言，她是借助这个虚幻将自己拯救了，这在我看来正是小说的主旨所在——女人是如此需要并满足于自造的海市蜃楼。等到真相显形的时刻，这两个女人还会爱下去吗？在小说中，她们会，因为只有女人才肯成全女人的幻想，彼此配合着把角色演完。对于她们后来实质发展成的同性恋，我在阅读时没有意识，我的注意力完全集中在女主人公苦心经营幻象的过程上：她一点点垒砌，看它逐渐形成海市一般的景观，再等着它必然地被推倒。

我曾将我的想法当面向严歌苓求证，问她是不是在写这个，她说，是的。本来对一部内涵丰富的作品，仁者见仁，观点无所谓对错，但我觉得，如果占据主流的话语呈现出一边倒的局势，而我偏偏走的是一条曲径通幽的小路，那么这条幽僻小路上的独特景观，我有独自欣赏的荣幸，也有邀人分享的兴致。假定我考上了中文系博士，那么我会以严歌苓为研究对象。目前严歌苓作品在中国内地也有了较大影响（她是先在台湾地区获得一系列文学大奖，声誉日隆之后，大陆才接着推广她的作品），我读过复旦大学陈思和教授等人对她的评介，陈教授是与严歌苓关系密切的评论家，但他的观点我也有不尽同意之处。意见相左是好事，能够发现更多问题，使讨论具有活力。至于选取哪些具体作品来研究，我会从我的个人口味出发，《白蛇》《魔旦》等我特别偏爱的小说会列在前面，而像《第九个寡妇》这样令文坛一致喝彩的重头之作，因为容易产生定论，我会放在后面。严歌苓小说所呈现的是严歌苓的心理景观，而我要做的工作，是基于我的人生观、审美观、文学观——透过我个人的这一张过滤网，描画出我视线中的严歌苓景观。它将与其他人的研究角度有所不同，我也期待在工作过程中有更多惊喜的发现。

严歌苓喜爱的作家有纳博科夫、马尔克斯、毛姆等，她曾厚意赠我这三人的英文书籍，可惜我太欠勤勉，至今没有读完。这里面也有水平的原因，我仰望星空看到严歌苓，而严歌苓的星空里的人，就超过了我的视线所及。但无论如何，研究一个作家的重要部分，是研究她的阅读背景，这对我自己的水平提高也是大有裨益的。总而言之，我希望能有机会读博，去读更多的书，站到更高的地方来重新看我喜爱的文学。

【面试】

面试的主考是四位教授，只有於可训教授前些天来我们院作讲座时，我见过一次。樊星教授因公干外出一月，未能到场。抓阄决定次序，抽签决定题目。我抽到的题目是“谈谈新时期短篇小说的几种主要艺术流向”。在准备的几分钟里，我翻於老师的书，我想到，於老师就坐在那里，我对着他笨拙地背他的书，那不等于是献丑吗。何况我不善于背书，我不能以己之下对其上。所以我就以几年前读到的一位山西作家王祥夫的话作引：“小说是个圆，散文是一些线条。”扯了几位作家来说：汪曾祺、刘庆邦、冯骥才、何士光，他们有的小说是规整的圆，有的则是发散式的线条。我胡说了一阵，忽然心虚，停下来问於老师：“我讲得不好吧？”他说：“挺好的，接着说。”我泄气地说：“再往下说我只好说严歌苓了。”严歌苓的短篇《魔旦》我还能说一说。教授们就说了一会儿严歌苓，说了一会儿我。於老师把他手中我的科研报告扬起来说：“喏，这么多成果！你这都可以评教授了，至少也能在作协当个签约作家。”我说都不行，要评教授这都不算，要去作协我出产缓慢。於老师最后说：“把你的书送给我们啊！”我说：“好好。”于是出场，我的面试便结束了，随即奔赴另一考场去考英语听力、口语。

【加试】

因为我是跨学科考生，所以要另外加试两门专业课：

1. 中国现代文学思潮

2. 中国当代文学批评

两门在一起考，考四小时。不知阅卷的教授看了我的考卷是不是又气又笑，对我纯属自编的答案。“基督教与中国现代文学”，这么宏大的题目我哪里答得出，只好答一个局部：我仅以《雷雨》为例，谈了谈其中的宽恕主题，重点针对周朴园。我不把它当论文写，我把它当散文写：

“……雷雨中的周公馆正如周朴园的心之城府，曹禺则像全知的上帝一般，怀着悲悯观察、描绘它的垮坍。”

【后果·其二】

初试还不是太累，但复试的多项程序、持续性的消耗把我搞得精疲力竭。我躺倒了几天。樊老师公干未归，我打电话到文学院去问结果。文学院的老师们都非常客气，电话里的声音也很甜美。

“请问博士录取名单出来了吗？”

“出来了。”

“我是外院蔡小容，有我吗？”

“没有。”

“哦，谢谢。”

初试我名列第四，面试、口试、加试后，综合排名我上升到第三。但一个铁的事实是，樊老师仅招二人，所以，探花是失败者，我未能考取。

2007 年 5 月 25 日—26 日

学大汉，武立国

武汉大学的校门是座牌坊，上书六个筋骨强劲的大字：国立武汉大学。你要这么读的话，武大人会说你搞反了，应该这么读：

学大汉，武立国。

全中国最强悍的标语，就在这儿，没有哪所高校能够匹敌。

我本科硕士博士全在武大读。博士，本来只考到第三名，刚好落榜，去年写了篇《探花赶考录》以志其详。后来学校说，本校老师在职读博不占指标，所以我这擦边的球又被踢进了门。读吧，我的学号很可爱：200711110022。

不伯群时自伯群

"不伯群时自伯群"，语出孔庆东博客，版权归他还是归他的匿名粉丝，我不知道。孔庆东说，他读博时遥尊苏州大学范伯群教授为"场外博导"。他说这话的时候，我正在读范教授的78万字大著《插图本中国现代通俗文学史》，它是我去年夏天的读物。要读博了，我有意无意地开始阅读一些学术著作，法乎其上得其中，学学人家的好架子，也不仅为将来写论文用。读完，我写了一篇《那些落尽繁华的名字》。写好一批文章我就发给几位女友，一来供她们消遣，二来请她们帮我备份，我总是不存盘的。她们看了都说：这篇，《那些落尽繁华的名字》，最好，好极了！我听了也打开电脑来重看——真的呢，不禁扬扬得意。这篇文章发表出来，扬州大学的曾华鹏教授把它复印了一份，寄给了范伯群教授。范教授在电话里的第一句话竟然是这么说的："我觉得很受鼓励。"他们都是这样的，越是有修为的老先生越谦虚，谦虚到让人愧不敢当的地步。

范先生提出送一本签名的书给我，我说不用了。因为我已经买了。对他人的馈赠，第一反应是不问原因地谢绝，这大约源自家教。而且，先生年长，书又如此厚重，我哪敢让他费周章。"您随便给我写几个字，就是签了名了。"电话正好在课间打的，可幸赶上我头脑清醒，讲的话都正确，我"每说必错的天才"一点都没泄露。

我跟范老师通了几封信。他说看不到我的文章，我又给他寄了两篇去。这样他对我的全部判断，就基于他读到的三篇文章。他很喜欢去阿英藏书室读书，我正好想找阿英的《小说一谈》《二谈》《三谈》，就信口接上："阿英就是钱杏邨。"好像我很知道似的。我的本领在于，明明只看了一本书，甚或只看了这本书中的几句话，却让人觉得我看过十本书。断章取义，口吐莲花，这类事最适合我干，所以我写书评最漂亮。但纯粹的书评我已基本不写，像“落尽繁华”那样的读书笔记，我是为自己写的，并非以结识范老为目的——随便别人信不信。

今年六月下旬，复旦大学要为范老的著作开一个研讨会，我收到了会议通知。这完全是范老的提携，因为与会者全是学界“VIP”，怎么也轮不到我去。我从来没参加过学术会议，规则也不知道。我本想当然地认为由主办方承担费用，现在才知真不是：学界清贫，会议费用自筹，一般都是从自己的科研经费里出。我是个无能之辈，手头没有一分钱经费，一切与会者用度都从我们十几元一节的课时费里出。范老师得知后，说由他来出。这件事俨然一则佳话，我这回不谢绝，就让它成佳话。我爱这则佳话，还因为它具有一种温厚的、不动声色的讽刺性。

难题是，开会要交一篇论文。论文可比不得我惯会的胡说。分花拂柳、莺歌燕舞，学术界是不认的，他们要的是规范和说理。可惜他们已经知道我是在读的博士，否则我一定隐瞒，就说自己是个教大学英语的，不懂不会，敬请原谅。我给自己半个月时间，倘若实在写不出像样的，就不交了，丢人丢到复旦那才叫丢到了家，今后没办法混。

这次搭救我的是马悦然。我读到他的随笔集，他说沈从文的学术著作《中国古代服饰研究》“像一部非常有刺激性的长篇小说”。这句话冒出来，我突然知道该怎么写了。我花了四天写完，比预计的短，这是我读博期间的第一篇论文。我暗自的希望是，组委会认为，虽然写得不地道不对路，可是，仍然有不舍得不要的好处。文章不同别事，不济者就是扶不起的阿斗，我请求范老师不过问，就想要组委会的看法，这对我将来博士论文的写法都有导向性。万一此文中选，我才真赢了，向大家证明范伯群教授没把我看错。

讨论课与酒

我们的博士讨论课，非同小可。设定发言人，本专业所有博导都列席参加，像个小型答辩会。不过也不用担心，如果你不是发言人，就只需带个耳朵去。发言完毕，就该教授们发表言论。他们有大量的观点要抒发，到后来发展至彼此间的激烈争吵。等吵完了，所有人就一道去喝酒。

我的会议论文刚写完，三位同学的讨论发言稿也到了。一读，我暗中怀抱的侥幸之心全没了。他们的话语真是“上路”！好似已具备了博士论文的雏形，只待润饰丰满。两天之前我去听了博士答辩，翻看他们的论文，觉得都很了不起，可是他们还被批驳；这一次的讨论课上，昌切教授一如既往地对三位同学的发言挥斥方遒，结论是：“这三篇论文都失败了。”他们这样还失败了，我该怎么办？我问身边的师弟，你们每天都干些什么？他说，看书啊。第一年，准备资格论文，要在核心刊物上发两篇文章才能答辩。第二年，搜集资料，开题。第三年，写，只有十个月的时间。他的两篇资格论文都已解决。我越发郁闷，我连话都说不来，不会那一套学术语言。他给我支了一招：“你可以学王晓明，不要学陈晓明。”

讨论完毕，照例宴饮。席上我跟方教授说，我在您面前特别心虚。去年考博阅卷时，老师们流水作业，卷子也密封，没人会追究这一派胡言的人是谁。但是加试不一样，只有我一个人跨专业要加试，加试又是您一个人出题一个人改，我赖都赖不掉。方老师说，你确实是一派胡言！不过我还是给你 60 分。我说是啊，不然您这一票就能把我踢出去。方老师说，但文学思潮的卷子不是我改的。我说，那是谁改的？这时，旁边一直沉默是金的金老师开口了：是我改的。你搞什么研究啊，写你的东西去吧！……

我躲到另一桌去坐，跟师弟师妹们胡吹去。师弟们说，小容姐，你那篇《探花赶考录》被我们发现后，我们就把杂志从期刊室里借出来，在宿舍里一人一段地朗读哩。我们给你开个作品研讨会吧？我说好啊，没人给我开，自家弟妹帮忙开。他们说，跟於老师说一声，做一期策划，大家踊跃发言，最后请昌切教授做总结性发言：你们说的全都不成立。

上一次的酒桌上，昌切教授跟我说："你的文风，跟现在的潮流完全不合调。"我写的东西他都看过。我只顾写,不太懂得这些;他是方家，他知道为什么我这些年总是处于被埋没的状态，要用十倍的力才能破土而出。但是也不要去追究得那么清楚了。

他接着也说了："没关系，写你自己的。"

我写了十来年，属于乱打误撞，从来没人教我。本来写作这件事也不可教。一个写作者最需要的是被看懂、被看准，然后宽容相待。要明白，她的山脉走势、河流走向，是天然形成的。在某些时候迂回阻滞，枉自地盘旋，这个最好也有人看明就里，再告诉她。不要开山炸石，也不要打马过河，要……要怎样，我也不知。这个要站得高一些的人才知道。

我读文学博士，是想为自己的写作找一个出路，达到贯通融会之境。我把自己敲碎了重塑。学术与写作之间的交界如一道锯齿形的丘壑，我想试试能不能以高难度的优美动作穿过，而不被拉伤。

美髯公

我在网上闲逛，在宇文成都贴吧看到魏文通吧的人来打招呼。咦，魏文通还有吧？过去一看，倒也幽默。有人说：山西人，红脸的多，胡子漂亮的多。关羽是山西解良人，红脸美髯；魏文通是山西代县人，红脸美髯。我忽然想到我的硕士导师任晓晋教授，他是山西孝义人，也是面如重枣，倘若他蓄胡子，也该是一把络腮胡。当下我大笑起来，给他发个邮件让他看。

任是个美男子。He is very cool! 学生都这么讲。十多年前我读本科的时候，他是英文系最少年得志的一个人。后来我读他的研究生，他每个周末都电召我们几个弟子到他家中授课，限时让我们给他“交东西”。有一阵子他考驾照，没空管我们，我趁机写了个长篇小说出来。等他再催我，我就把这个交给他：这个也是“东西”。

不晓得他看了多少。后来他说：“我教不了你，你到樊星那里去吧。”

报考博士需要两位教授的推荐信。自己的硕士导师当然是第一人选；第二人选，我请的是法文系的吴泓缈教授，他当时刚获得法国政府授予的骑士勋章。他很可爱地说：“你让我干什么，我就干什么。”我起草的推荐信，他不是抄一遍，而是用他自己的口气顺了一遍，读起来完全就是他写的了。我可没想到我在任老师那里会遭到拒绝。

“我从来不写推荐信，”他说，“何况我已经给樊星打电话口头推荐过你了，我当然更不会给你写。你自己写，或者叫你爱人写，我模仿他的笔迹来签字。”

签好字他还得意地说：“还挺像的。”

有一次我给他打电话，他刚进家门，拿起电话就脱口秀：“……教学，要因材施教，嗬，现在的体制，不管你方的圆的，统统拿着它那把三角尺让你钻过去……”我听得直可惜，没带录音笔把这番长达数分钟的即兴演说录下来。我的记忆是个筛子，他的更是，脱口秀的人都不会记得自己讲的话。

“你去考个博士吧。”这句话不是他对我，而是我对他说的，“读出来，我们的博士点也批下来了，你正好就当博导。怕什么？人家博导还读博呢。”

“我终身不做这个打算了，”他答，忽而又一欠身，对我粲然一笑，“等你成了博导我来读你的。”

他就用这句话使我永远闭嘴了。自己不愿意做的事，肯定不耐烦听别人劝，就像我读他的硕士时，他也没逼我读文学理论书。最后我经他调教写出来的毕业论文，还捞了个奖回来呢。

樊老师的书架

“但是你在樊老师手底下休想这么混，”任老师说，“他决不饶你。”

樊老师有着非常奇特的作息时间表。我给他发邮件，他回复的时间总是早上四五点，我以为他没睡觉，不，是他起了床。等别人起床时，他已经工作几个小时了，他就这样每天一开始就赢别人一局。

樊老师讲课，给本科生、硕士生、博士生讲，有分明的层次递进感。

听起来当然该是这样，但你试着听听学校里有些老师的课，哪怕是不同的科目呢，内容也差不多，一个人难以把自己切成不同的几块。我倒也没有追着听樊老师的课，旁听本科、硕士的那两次，还补不上我缺的博士课。为此我被严厉批评——他训得我的天也塌了。任老师果然料事如神。

我从此不敢造次。上完自己的大学英语课，我以最快速度赶往文学院，去上博士专业课。我们在职读博，自己的课时并不减，仍然是每周 12 节，从下学期起还将增至 16 节。有一阵，我压力大得几乎想辍学。跟几个同样读博的同事说说，原来大家想法一样，都在死撑苦熬。高额学费已交了，只好读下去。

在期刊网搜搜樊老师的文章，呼啦就跳出来一长串，有计划，成体系，排成阵势。恰如任老师教我们的做学问的方法：定下一个大题目，设想好结构，每一章节的小题目，都写成一篇独立的文章，争取发表，全部完成后，即是一部专著。这只是个设计，谁办得到？能办到者必成博导。

对樊老师来说，照计而行想必不是难事，他极其有条不紊。他家买了车，但他不会开，也不打算会。他的自行车丢了，从此就步行，说走路挺好。有时他课多，一天之内他要在山上走好几个来回。我怀疑珞珈山上的树木跟他有什么秘密的默契交流。至少，每天多次地走入山中，山中密林给他一种深厚的拥抱。樊老师为人环保，雅量高致。他的环保不仅是对环境，也对他自己，他用不用手机都是个疑问。他是这样的人：情绪稳定，内心坚定，永不抱怨，也永不失眠。他的步伐与文风都稳健端正。

当博导，得像google，学生发问，要立即给出答案或线索。樊老师提供的线索常常是这样：可以去看看某年某期的某杂志，上面有一篇某人的文章。这个某年，可以是上世纪的八几年、九几年，那是没网络的年代。网络上都没有的信息，他心里有。他心里有个抽象的大书架，其上的书和杂志，经过了他的重新分类、编目、上架。这是几十年的累积。

我与樊老师的结识，最先还是他让他的研究生来复印我的长篇小说。可是我这脑袋，用英语来说叫“Woodhead”，我当时就忘了问一句他们的导师是谁。而樊老师并不介意——过了三年，我报考他的博士之后，有一天他才给我看他写的一篇评论：《〈诗经〉与当代文学》，早发表了，里面提到了我。我心里真是五味杂陈。几年前的旧事了，我最近经常反刍似的想到，它可以列入我的荒唐事件簿。

博士生的课堂，像个圆桌会议。樊老师坐在椭圆的一端，大家则趴在椭圆的剩余弧形上做笔记。需要做笔记的地方，我做了仍然忘记；不需要做笔记的地方，纷纷然自动进入我的心里。我总是在别人不笑的地方笑，看上去笑点很低，傻兮兮。樊老师讲王蒙，精彩极了。王蒙聪明过人，素以机智闻世。他可是干过不少著名的漂亮事哟。“王蒙的心路历程是当代作家在理想主义与虚无主义之间徘徊、心潮几起几落的典型范例，很值得研究。”樊老师的文章中有如是语句。

小时候，我最爱的电影是《哪吒闹海》。现在重看，感动依旧：哪吒刎颈自尽，剔肉拆骨还与父母，然后，他的师父施展妙法，将其魂魄附于莲花莲叶而得复生。这个荷叶为裙藕为臂的哪吒，跟从前的哪吒很像，但已经不是他了：他脱胎换骨，已然重生。师父轻唤：哪吒，哪吒。重生的小童睁开眼，泪眼婆娑地扑向他的怀抱：

“师父——，师——父！”

哪吒的师父是太乙真人。在这点上我比他优越，我有很多师父。

明天我就要去复旦了。明天是个未知，我等着它的揭晓。赴会的诸位大教授，我难得有机会见你们的面，请你们听一听我写的论文:《长篇小说体的文学史》。

写于2008年6月赴复旦之前

潜 伏

《小麦的小人书》终于做成了一本书。至此，我认出了什么是一直潜伏在我生命里的。仿佛把一样东西举起对着太阳，它瞬间透亮，内部运行着的乾坤都给我看清。

这些谈连环画的文章，最先的五篇组成第一组投稿的时候，我随手写下一个总标题："浮生旧梦说连环"。这个标题几乎是不假思索，不像我平时写东西，字字句句都要反复琢磨。不思量，自难忘，那些不知道上哪儿去了的小人书，是我整个童年时期的陪伴。时光深处，一个小女孩无可言说的寂寞、寂寞中的思绪和想象，都在连环图画上留下暗记。倘若仔细编排，它们可以给我做成一份隐秘的成长地形图。我读初中时还舍不下它们，为此没少挨班主任的批评：你几岁了？还天天记挂着看小人书！可那是多么好的时光啊——放学了，时间还早，街角的小人书摊花花绿绿地铺开几大架，就等着我们。两分钱看一本，开启一个世界。我坐在长条矮凳上，沉迷在另外的世界里，渐渐地，周遭来来往往的脚步纷纭杂沓，车声也集中嘈杂，把我唤回：该回家了，大人都下班了。

小人书不知什么时候走的。小人书摊不再有人摆，摊主们合上他们自制的木架，把书都拢在里面，用自行车推着，退场了。几乎所有人家里的小人书都卖给废品收购站了，也不再有新的小人书摆在书店里卖。又过了好些年，等到怀旧的连环画市场出现，存在这世上的小人书的数目已经远不如前。小人书们走了。亲爱的你们，都上哪儿去了呢？

2006年，我动念想以连环画为题材写散文。之前，出于各种原因，我操练惯了的散文写作出现停顿，三四年里几乎陷于失语之境，完全不知道散文该怎么写、该写些什么。难道忽然写出个长篇小说，就把散文老本行给搞丢了？看人家都是“左手散文，右手小说”，我怎么总是瘸一边呢？然而有失必有得，我通过写作长篇小说，仿佛置身事外，获得了一种打量散文的新角度。长篇小说是一个框架，一个容器，用来安置、盛纳作者的内容，这是我的体会。那么，散文何尝不是框架、容器？我以往只拿它当小碗小盏用，尽管精致，容量却小，格局亦窄。连环画或许是一个比较大的规划，它在我动念时还没那么大，要在实践中去发展壮大。我才只写了第一篇——《无处不在的日光》——又抱病停下了。那几年我实在忙，上课、带小孩、考博士，几个月也难得有个半天时间，够我玩儿似的写一篇。但我写得心里好舒服，于是决定了，这批文章就为自己写，就图个好玩儿。多年来，我的文章的发表一直不是很顺，经常是就算发了，也跟报刊的定位有距离，总是处在边缘。连环画这么冷僻的题材，基本上不指望能在报刊上发表，所以我索性不管，只图一头。

2007 年下半年，我把写出的第一组“山乡系列”投给《美文》杂志，没回音。年底我改投《天涯》，更加不存希望，曾有人告诉我投稿“《天涯》最难，你试试，准上不了”，我试过两篇小说，果然折戟，准备再折一次。结果这个不管不顾的连环画系列却投中了——《天涯》的王雁翎女士说它像“静日闲谈玉生香”，她把它放在了“艺术”栏目里。这给我启示：或许，绝壁才是生路。本来，人是不怕不够大众，只怕不够独特，我得到这个巨大的鼓励，几天内就续写了“山乡系列”的另外四篇——之前的四篇有一搭没一搭写了大半年——直写得万马欢腾，所有的潜伏都争着抢着往外奔。或许，几年的停笔也不是白耗着，有些东西，在暗暗地蓄积，养气。接着我又开始写“隋唐系列”。隋唐是我的另一个情结，写它如赴一场盛宴，我自己款待自己，自斟自饮，怎么纵情任性我就怎么写。我上瘾了，别说九十度角的绝壁，就算是头朝下倒过来走，我也想玩儿一把。这个系列后来也发在《天涯》。因为前面的“山乡系列”用了“浮生旧梦说连环”的题目，“隋唐系列”

在它那里就叫“浮生旧梦说隋唐”。

这些年，我一直没断了投稿的刊物是《文学自由谈》。最初是自己投稿去的，得到赵玫老师、任芙康老师的热情鼓励，他们预言，我“将来会是发展得最好的一个作者”，多年来一直对我很好。所以，再没时间，再没状态，我基本上固定每两个月投寄一篇谈读书的文章给他们，跟交作业似的。一年只交几次作业，我就有百倍的力放在每篇文章上，有时一篇千来字的文章，我晚上等孩子睡了之后慢慢磨，磨上半个月才完工也有的。文章有时候能发，有时候落马，反正有《文学自由谈》证明我的气没断，在以某种方法养着。我开始集中写连环画，读书的文章就顾不上了，我就把写出来的“隋唐”和“古装”投去试试，结果，宇文成都、李元霸之类的人物都给我弄上了《文学自由谈》。事情好似疯起来，我是疯起来了，任芙康主编可没疯。我越写越撒开去了，开头的“山乡”，我还着眼于怀旧心理、艺术鉴赏，到“古装”，我投入了较多的情感想象，并与文学体悟相融合，故而说它是“文学自由谈”也未尝不可。“古装”系列我认为写得最好的是《阿睹何物乎》和《良宵》，我躲在古装里，过瘾地做了几个月古代人。

2008 年快过完了，12 月中旬，《美文》的电话来了。我一年多前投寄过去的稿件，不知何故延误到这时编辑才得寓目。当时 2009 年第一期估计已经排版待印，他们临时变计，决定给我开个专栏，每期一篇，配两幅图。我在写这个系列之初，本来就是这么设想的，在散文刊物上开个图文专栏。现在如愿以偿，虽然晚了一年。历时地看，稿件延误反而是件好事情，如果当初一投即中，我可能心思专一，不作他想，不会把摊子铺到这么大，为散文争取更大的空间。

事情还没有完。

小人书有很大一部分是战争题材，我在筹划时就想写一个“打仗”系列。写好了，觉得这组文章给《人民文学》很合适，虽说“国刊”不太可能发表我鼓捣的这么些小人书图片——因为这批文章我学会了扫描图片，开机器呜呜嘟嘟地操作，自谓是“私盐贩子的工棚”——碰碰运气也无妨。三个多月过去，没见回音，此时《美文》的专栏已上马，我就把“打仗”改投《美文》备选。刚寄走，次日后半夜我听见手机响，一条短信进来。半夜鸡叫，我没起来，武汉的冬天没有暖气。等天亮去看：“小容，你那组文章我想用。没给别人吧？李敬泽。另，还有什么系列？”电话里，他说正在组庆祝建国六十周年的专稿，苦于角度难找，“这类稿子，要么就显得傻，要么又像个刁民”，忽然看到我的小人书，正中他下怀，我的文字、感觉又恰好是他需要的。“……又像个党员写的，又是个特别聪明可爱的党员写的，哈哈！你再给我写几组，每期一组，来不及就隔期上，”他说，“你这零食我想当粮食做。”

走路的人知道，路是走出来的，途中会不断得到路标提示，越走越开阔。我写连环画本来是以趣味为主导，觉得写差不多了，又得到“庆祝建国六十周年”这样一个任务，促使我寻找新的支点。我想我们并不缺少专题片似的作品，我也不擅长宏大叙事，所以还是要发挥个人强项，往刁俏里写。我接下来给《人民文学》写了一个“贺家班”系列。我选了贺友直先生的四部连环画作品：《小二黑结婚》《山乡巨变》《李双双》和《朝阳沟》，分别代表解放区、合作化、大跃进和上山下乡四个历史阶段，反映新中国的不同阶段人们的生活，四篇一套，彼此勾连，仍是以趣味为主。下一组，我写的是“好姻缘”系列。爱情、姻缘，乍看好像连环画里不少，但多存在于古代或外国题材中，要选建国六十年以来的爱情题材，还真没几本，因为等到八十年代爱情在中国解禁，小人书已趋于湮灭。以我对连环画的所知，我找到并选择了这样四本：《一份无字情报》《甜甜的刺莓》《爬满青藤的木屋》和《人生》，写出了这样四篇：《百日恩》《金不换》《树缠藤》《盖满川》。故事分处于四个不同年代，展现出不同的风貌，由拘谨到酣畅，又暗合着我自身对情感的了悟过程，我作文时各有侧重，四个标题也刻意工整，起承转合。爱情比较容易发挥，我觉得这一系列比“贺家班”写得更自由，酣畅淋漓。交给李敬泽，他回道：“……文章真是好，我看了都手痒，想写散文了。”

与《人民文学》上“好姻缘”系列同时出刊的，是《读库 0903》。

机缘是个好似有生命的东西，它的游走有着神秘的节奏和韵律。我的“浮生旧梦说连环”写到五个系列、四十多篇时，我开始联系出版社。2008 年夏天我应范伯群教授之邀，去复旦大学参加“建构中国现代文学多元共生新体系——暨《中国现代通俗文学史（插图本）》国际研讨会”，在那里见到了范老师这部大著的责编、北京大学出版社的高秀芹女士。会后我联系她，向她介绍我的书稿，她立即看中了这个选题，编辑工作随即开始。马上面临一个问题，就是这些连环画作品的版权，我怎样才能找到这样年代已久的小人书的出名或不出名的画家们，并取得他们所有人的授权？这难题几乎无法解决，有人在我博客上留言，建议我去找《读库》的老六（张立宪），他与贺友直老有联系。我那时还没看过《读库》。找到老六，他马上回复说：“小容你好，关注您的文章很久了，一直遗憾没能刊发您的妙文呢。”他说的就是我的连环画系列。我突然想起来了，我的“隋唐”系列写好后曾发给《十月》的周晓枫看过，不为投稿，我觉得这文章上不了《十月》，晓枫也说没栏目，但是她喜欢极了，想专门做个栏目来发，结果没通过。她又说想给我推荐到《读库》，我当时不知道《读库》是什么杂志，不久“隋唐”在《天涯》通过了，也就没再提，现在看，兜了一个大圈儿，“隋唐”还是绕到《读库》那儿去了。所以事情有了皆大欢喜的结局：《天涯》发了这个系列的一半，五篇；《读库 0903》发了全本，十篇，并且老六对图片尤为看重，让我增加了好些图，扫描像素不高的，都重新做了；我也找到了贺友直老先生并取得他的授权，书的出版得以顺利进行。

我原以为发表不了的“浮生旧梦说连环”，结果全部都漂漂亮亮地发表出来了，全都在好刊物上，既集中又连续；而把它们做成一本书的出版社的分量，也足够使出版成为压轴大戏：北京大学出版社。2003年我去过一次北大，在北大图书馆查资料，发现馆里有我最早的两本书，翻开看，里面许多字句的下面都给人画上了杠杠。那天我对着未名湖、博雅塔站立良久，感慨万端，我晓得我错过了什么。我没能进入北大，那么就让我的书进入北大吧。

书名我几经斟酌，定为《小麦的小人书》。取这个书名，是想让“小人书”与“北京大学”产生强烈的对比效果，彼此相映成趣。小人书进入大雅之堂了。我也凭着这本书，在写作停顿数年后来了个大翻身。

2009 年 4 月初稿，2012 年 9 月 15 日整理

陪我跑马拉松的人

博士论文这项马拉松工程，我曾经以为是完不成的任务，终于有了竣工的一日。从准备材料到写完它，我用了两年的时间，而陪我跑这马拉松的人，是樊老师。

2007 年秋天我进入武大文学院读博，导师是樊星教授。虽然成了“博士生”，我当时头脑中的“学术”领地还基本处于蛮荒状态。我的想法很简单，博士论文，我就写严歌苓好了，她是我最喜爱的作家，我十年来对她的阅读和感悟足够写出十万字。直到三年后，也就是我为这个选题正式准备了一年之后，在开题的前夕，我才认同了大多数人的最初看法：以单个作家做博士论文，确实不是个好选择，至少结构难找。而且我的写作对象还是太热门的严歌苓，按我的大师弟的说法，我是“找了块已经被人反复开掘的田”。但是改已经不可能，我才重新回想起樊老师先前的种种建议和提醒。我的各种想法早就被他看出问题，他也在依照我的思路帮我解决那些问题，是我慢了许久才终于懂得。

樊老师多次跟我讲，单凭感悟，很难撑起一个博士论文的结构，也难以符合博士论文的规范，这是论文与我惯于写作的散文的根本不同。如果要写严歌苓，就一定要抓住她作品的整体发展脉络，写出她与当代女性文学，乃至与外国文学的联系。他建议，可以找一位与严的创作经历与创作风格有相似之点的外国作家，如纳博科夫，和严进行对比研究，这可以避免单个作家论的单薄，结构上也有较多的援引参考，且颇见功力。我显然不具备这个功力，我读了《洛丽塔》，没能像严歌苓一样欣赏纳博科夫。至于严与中国现当代文学、外国文学的联系，我也得强烈借助樊老师的知识与视野。他看过的作品极多。比如他曾让我去看女作家于劲的小说《蛐蛐儿的年代》，并随口说出它发表在《收获》1990 年第 1 期。又如严歌苓早期的军旅小说，他指出《西线轶事》《这里的黎明静悄悄》这条线，说其间的承继关系在《苏联文学》《外国文学研究》上都发过相关的研究文章。系统地查找起资料来，我才切实感受到什么叫“汗牛充栋”，别人做过的工作已经有多少。好不容易产生一点新的想法，再一看早有别人用规范的学术语言深刻地探讨过了。人知道得越多才越知道事情难做，爱因斯坦画的那一大一小两个圆就代表着这一公理，在我无所知而轻松的时候，属于我的难度是由樊老师在替我担着呢。

对樊老师来说，学生不会做不要紧，就怕不肯做。前一种情况会给他增加许多荒谬的工作量（“荒谬”的意思是，比如像我这么个博士生入学后，他竟要从学术扫盲开始指导），他对此毫不介意，他多年如一日，每天早上四五点钟就起床工作，批改学生的论文。而后一种情况，他决不姑息，决不饶过，谁要想打马虎眼蒙混，就等着哭吧。在这个缺乏准则的时代，一丝不苟的“严师”已经比过去少很多了。做一名严师也是在给自己设置难度，因为他得奉陪，他自己必须得是个标杆。我电脑里存有好多个“樊批版”文件，都是樊老师详加批注的我的论文的多个版本或局部，他每次改完必有一句：“改后再发给我看”，直到他认为可以为止。我光是开题报告就写了七稿，他当然就看了七稿，我走过的弯路他也都跟着去走过。我曾找他借过一本《富兰克林自传》，是他二十多年前买的书，书上有许多句子被他画线：“他们既无田产，又无高俸厚禄，靠着不断的劳动和勤勉……你应当勉励自己，在你的职业中勤奋从事，切勿不信上帝。”“我常常坐在房间阅读到深夜。”偶尔还有：“我爱上了诗歌。”他喜欢的这些句子，正是他自己的镜像。

写博士论文两年，光是走弯路，我就走了一年多，直到终于找到我需要的结构，那已经是 2010 年 7 月了。我一定要在 2011 年上半年毕业。我算好了，必须如此，局势所迫，时不我待。如果我上半年毕业，下半年女儿上小学，我就能实现衔接，这样最好了（孩子上幼儿园的时期被称为“黄金三年”，跟上小学不可同日而语，孩子上学了，光是每天三顿饭，四趟接送，就让你难得坐稳）；如果不能，那就最不好了——要知道，我做的是严歌苓。有的博士题目，做十年也不要紧，是归某一个人的。但是严歌苓太热门了，她写得又太快太多了。如果我不快点出来，我的工作将无穷尽，她的新作品不断问世，写她的论文更加车载斗量，光是 2011 年 6 月就又会有大批新的关于她的硕士、博士论文出来，那都该我去看去整，岂是了得！那没有了局。所以，小小麦，快快跑，小麦赶快跑——我在心里这么对自己说。到后期，我每天都是站着写的，因为腰椎的问题，坐不得。本来十多年来我已习惯了这毛病且可以控制它，赶博士论文以后出现新症状，我奈何它不得了。我站着，把凳子搭在桌上，电脑放上去，旁边再摆个小凳子放鼠标，这几样的高度组合倒恰好趁手，创造了我写作的新姿态。为了电脑屏幕的光亮度，我得拉上窗帘，窗外满目的春色就被关在外面了。就这样写着，我错过了 2011 年的半个春天。

我写完论文是在 4 月 10 日。我一定要那天写完，然后次日去“滚钉板”，用这种方式祝自己生日快乐。“滚钉板”是我的说法，指提交论文前的机器检测，检测的软件名称叫“学术不端文献检测系统”，博士论文的标准是雷同率不得超过 10%，包括引文在内，还有基本句式和关键词相似的句子。4 月 11 日一早我就去检测，很快，16 万字两分钟就出结果，6%，过啦！写时反复看反复改，等改定了滚过了我就不再看了，直接送去排版、制作、送审。

写博士论文无疑是艰苦的，可是我居然还很喜欢写。我有写作癖。在写它的过程中，有一天磨不出几个字的时候，也有日行千里的时候；有困在瓶颈中的时候，也有豁然开朗的时候；有冥思苦想得几乎精神错乱的时候，也有写得鬼迷心窍如有神助的时候；有白日写它的时候，也有梦里写它的时候。写到最后，从头到尾整合起来，查缺补漏，再配合写引论、余论将思路全盘理清，我的论文终于成了一座城，或一字长蛇阵——击首则尾应，击尾则首应，击其腰则首尾相应。我忽然胸有成竹。

读博是我的重要经历，我度过了愉快的四年。回想这四年中的许多事情，可叹可感，读博之于我竟是一枚可反复咀嚼回味无穷的橄榄。武大文学院的老师们：於可训教授、昌切教授、陈国恩教授、方长安教授、金宏宇教授、叶立文教授，他们都是极其渊博而有趣的人，做他们的学生使我受益非浅，我们一起度过了许多美好的时光，课上课下他们的谈笑风生妙语连珠给我留下不可磨灭的印象，开题会上更给我许多切实而宝贵的意见。苏州大学范伯群教授一直关怀着我的学业和论文，我庆幸因为文章的机缘结识他这位学富五车、谦逊宽厚的老先生，他在学术、文学、人际交往、为人处世等诸多方面给我带来深刻的影响。中国现代文学馆吴福辉教授、华东师范大学陈子善教授、香港科技大学陈建华教授都曾慷慨大度、一言九鼎地给予我帮助和勉励。李敬泽先生时常关心我的论文进程，并乐于将他对中国当代文学的精彩观点与我分享，这大概是因为他是一位“同情兄”——他自己也在读博，故而感同身受。孔庆东教授在我最薄弱的心态上给予强有力的引导和支持，他教我要“外表谦卑，内心嬉皮”——真是八字箴言，“你会逐渐进入一个好状态的！”在我写博士论文最困顿的 2010 年七八月间，正是洪水肆虐之时，我天天对着不成形的论文枯坐、苦坐，一筹莫展，我觉得它正如洪水；而孔庆东的视角和心态与我完全相反，我想到的是“洪水”，他想到的却是“抗洪”：“就当是抗洪吧。这边堵堵，那边放放，折腾几个月也就过去了。最后仍然是一场伟大的胜利。”我的博士论文的研究对象——严歌苓，是文学上令我激赏、给我最多共鸣和灵感的人，也是我的朋友，她愿意为我的写作论文提供帮助，然而我只问了她一个荒谬而唐突的问题，因为这个问题，非她不能解答：我问她究竟是哪一年出生的。我从各种书籍、资料、论文上看到有三种不同的说法：1957、1958、1959，不知道哪一个正确。她说“这完全是应该问的”，立即认真而详细地告诉了我。所以我的论文在她的出生日期这一点上是权威答案。她的丈夫 Lawrence Walker 从美国、非洲几次给我寄来了他们的英文书籍，但凡认识严歌苓的人都知道她先生是一个多么好而可爱的人。

感谢我的丈夫、女儿、母亲，他们的爱与陪伴是我的立身之本。感谢与我同级的师弟师妹们，他们大都在去年已经毕业了，我身为比他们都大的大师姐，在三年中从来没有照顾过他们，从来都是他们照顾我，他们给我的理解、宽慰、帮助与支持令我感动，我是多么喜欢并感激他们的陪伴。感谢我的朋友们，生活中的和文学上的，见过面的和未见面的，我认识的和不认识的，我完成论文后收到的不同形式的祝贺与分享，让我知道有那么多人在陪着我读完博士。

2011 年 4 月 22 日

射 日

2011 年 5 月 28 日，我通过了博士答辩。

答辩整整进行了一天。11 个博士生，从早上 8 点到晚上 9 点，各种程序：陈述、答辩、评议、通过，最后聚餐——我累得浑身疼痛，次日还爬不起床。一连多日，好似元气大伤，腰痛，即便躺在床上也觉得后背酸、沉，直不起来。一大早起来就没有精神没有劲，要喝下浓茶方能提起神。走去上课，要先在教师休息室坐一会儿歇口气，课间的五分钟也坐着不想动，但坐着又不甚舒服，坐着腰疼。答辩累一天，不致如此委顿啊，应该还是数年积存的结果。一同答辩的同学们当晚散后还去唱歌，次日又约齐了一起填表、聚餐，我的体力、时间实在不允许，只好坚持一贯的落单。

寥落是答辩之前我就预料到的感受，答辩后大家问："高兴吧？"我感觉错位，最高兴的点是在写完论文并通过检测那一天，那是真快乐，本能地高兴，其实对这件事没真正反应过来。到答辩完，本是标志性的时刻了，情绪已经降落。那些天的快乐，与这些天的寥落，都有着其他的因素共同却叠加，向同一方向增添砝码。博士终于毕业了，高兴吧？谁知却要首先承受“失重感”，巨大的失重感将人抛入虚空。再想想将来必须要做的事，日日年年，眼前一片漆黑……

休整了一些天。上医院做理疗，没课时到樱园的草坡上坐坐，珞珈山上走走。缓过劲来，还是看书吧。看书能安神。离办理毕业手续还有一个月，我还能在中文系的资料室里借书。论文写完了，可以休闲地看书了。

6 月 17 日下午 4 点多钟，我午睡醒来，看到大师弟的短信：“恭喜你中了国家社科基金青年项目。”当天是国家社科基金青年项目揭晓日，全国上下有很多人守在电脑前等待。我不知道网址，也没刻意记着这件事情，博士毕业了，我正歇着呢，好消息却从天而降。

国家社会科学基金青年项目，我是第一次申报。我所在的外语学院是个教学单位，科研力量较弱，申报难以成功。关于科研项目，我坚持一贯的说法：别为了几个钱，往自己头上套枷锁，所以我一般不报项目，除非这个工作我本来就在做，并预计能出成果。拿博士论文题目报国家社科项目，这是通行的做法，它合乎常情；而反过来，国家社科项目的表难填，除非你正在写博士论文，那个表是填不出来的。2011 年寒假是填报的时间，当时我的博士论文已写了 15 万字，但引论部分还没写，缺乏理论，仍是难填。我想长痛不如短痛，依稀记得是2月19号截止，就留到寒假的最后一周填。在我认为的2月11日，我填了一天，没填出名堂，傍晚打电话问科研秘书，他说应是14号截止，而且——今天是2月12日，我记错日期了。其后两天，我不得出门了，黑天白日地填写，14号下午总算把电子版发送出去预审。16号交正式的打印表，表格要用A3的纸双面打印装订，必须找打印店做。我走去交表的路上沿途找打印店，因还没开学，店子都不开门，好不容易找到一家，打好了看时间，五点一刻，我使出我的飞毛腿——我干什么事情都慢，唯独走路飞快——一路疾奔。抵达办公室时是五点半，科研秘书还没下班，我总算赶上了。

交上，我就忘了这事。开学了，三月四月，忙七忙八，赶博士论文，忘了这事。客观地说，中标基本没可能，因为概率小，难度大；主观上，我却又有个直觉，觉得有可能会中。这大概也是所有人的共同想法，心存侥幸，一切皆有可能。听说国家社科项目是一票否决制，评审的专家有一人不建议入围，就不能入围。评审是匿名，供评审的活页表上不能透露申报者的个人信息，我们也不会知道评审的专家是谁。我博士答辩完那天，在饭桌上听教授们说，他们都收到一些全国各地申报者的邮件，介绍他们的申报题目，希望教授们通过……哪里就这么巧呢，偏偏你的题目就碰上这位你也不知道是不是评审的陌生博导?

我觉得这么做真不可思议。反正我博士答辩通过了，项目倒不是非过不可的。

结果，我在睡梦里收到了祝贺的短信。

我申报的题目是“严歌苓小说的绘画、音乐及舞蹈意蕴”，与我的博士论文题目有所不同。如果直接报严歌苓小说研究，连我都可以判断绝对没戏。我的博士论文选题一般化，这怪我当初不知道深浅；四年博士读下来，我有能力对这题目进行微妙的修正，假如这个项目可视为同又不同的第二次机会。倘若按我最初的设想，以多年写惯的评点式风格去写论文，那仍是“吃自己”的写法，消耗自己原本不丰厚的储存,难以走向开阔。人必须要做些貌似不可能的事才能改变和提高。学术规范确实对人有诸多掣肘，然而戴着镣铐跳出优美舞蹈的大有人在，我读到了不少精彩的学术书，那样的架构与文字产生自训练有素的头脑，为很多文学书所不能及。有些书我先是看不懂，后来看懂了；我终于写成的博士论文，放在几年前是无法设想的，等写出来打印制作好了，我也还有点不信呢。同时，我发表了好多文章，都发在一流的刊物上，出版了两本新的散文集，还有从前写的一部长篇小说也在等着出版。我又上道了，我比从前写得更好了。我发表的相关文章都列在了申报表中，作为前期成果，我相信它们也为我加了分，因为申报成功，并不仅仅是把申报表填好就可以的。我再把留底的申报表拿出来看一遍，真的，填得不错，倘若我是评审也一定建议入围，填表的这个人好强！我的经验是，真的不用去管谁是评审，你只管把你自己搞好就行。把你自己建设到再好、再强也没有，那么任谁都得让你上。由评审规则和结果可知，评审我的申报表的全国各地的十位专家，他们每个人都给我投了赞成票。

就这样我读完了我的博士。我在开始读的时候，也不知道该怎么读这个博士。回想 2007 年，劳顿不堪、形销骨立的我带着孩子，一边上课一边读博，一边熬夜写文章投出去……当时的我不知道，我即将步入我的黄金时代。

2012 年 9 月 20 日

年

我从抽屉里寻出这只经年不戴的表来时，可巧它上面的时间和现在只相差一分钟。我把它拨快一分钟，再上满发条。我这只表，谁见了都要凑上去看稀奇：规整的圆形玻璃表盖里头，赫然可见表的内脏。金灿灿的机械，含着许多个微妙的齿轮，有一个齿轮在转，旁边一个金环带着盘缠成圈的细若游丝的发条在反复跳摆，它的频率对应于快速走动的秒针的步伐：嘀嘀嘀嘀嘀嘀嘀嘀……

这只表是我爸爸给我的。我猜想设计这种款式的表的人一定是个钟表爱好者，就像我爸爸一样，他们觉得表的内部构造具有一种精工之美，所以他们去掉装饰性的表盘，直接以零件本身作为装饰——看，齿轮像花朵。旋转的齿轮、跳动的金环、由紧渐松的发条，以及三根长短不一、时刻改变角度的表针，给这精工图案增添了律变的因子。只可惜乏人欣赏，现在戴表的人越来越少了。

我爸爸干了一辈子的钟表修理，是个钟表匠。而他早年是某名牌大学数学系的学生，钟表这行当是他自己选的。

2000 年他去世了。他卧房墙上的七个钟，因为他去住院没人上弦，都停了，指向七个不同的时间。他在时我数过家里的钟，墙上挂的和桌上摆的，一共三十四个。它们都非常老旧，走时不准，除非爸爸将它们一一打理遍，我在三十四个钟前面就会完全不知道时间。他去世是在凌晨时分，当时我睡在他床上，他一个人睡在医院的床上，我们错过了。

我手腕上戴着这只镂空表，看时间非常清楚。三根金属的针流转，一寸光阴一寸金。这个停滞了一两年的表，给我轻轻往前拨动一小格，它就与当下的时间重合了。宇宙间浩淼的时间，如果可以如此地被追上，该有多好。假如能够这样，我就立刻动手把表针往回倒拨，倒拨上千万圈，倒拨到我小时候，到我出生之前，到我的爸爸妈妈年轻的时候去。

从棚户区新搬到伍单元来的这一户是这么个景况：一家三口，男的快四十了，女的三十不到，带个小姑娘，两岁多点的样子。看他们用板车拉来的家当——几个大纸箱！他们就拿这个装衣服，装棉絮，在屋里一个一个垒着。床呢，明显是一扇门板，边上一个暗锁给挖掉了，两条长板凳搭起来。女人带着孩子睡的那副倒是正经铺板，还挂了粗纱蚊帐，女人说蚊帐是她从广东带过来的——广东，怪不得她说话有时听不懂呢，原来是学的这边的话。桌子没有，他们用一个旧茶几吃饭。还有一件莫名其妙的家具：窄而高，两侧有垂下来的翼，中部是个倾斜而下的肚子，可以伸手进去掏摸杯子盘子。把这名堂抬进了屋，两侧的翼给他们拉起来抻平展开，就形成一个挺大的平面，热水瓶就在上面放了一溜。进他们家串了两次门才看明白，原来这是照相馆照相用的暗箱！

男的是修表的，在解放路的钟表店上班。女的没工作，在家烧饭带小孩。听说她的户口还在广东农村，转不过来，粮票很成问题。也难为他们了，每个月只男人的一份二两肉票，买回来全部剁成末子煮稀饭给小孩吃，大人一口也不沾。真是的。

——哎！这男的还是个大学生呢，还是某某大学出来的呢。现在他屋里还有好多数学书，他晚上没事还喜欢动脑筋，做题目。他大学毕业怎么会跑去修表了呢？不晓得，不晓得他怎么想的。是不是读了大学修表修得好些？他到他们单位上也就拿二十几块钱。有一个复员军人跟他一起去报到，一听二十几块钱转身就走了，他倒不说话，没得意见。

——嘿！你不晓得吧，我告诉你，这个男的还是个华侨咧！印度尼西亚回来的，那边还有蛮多亲戚。今天邮递员上楼送信，我洗衣服瞄了一下，写了些外国字看不懂。他们这一家子才是怪咧！什么人咯。

我现在完全能理解，人们对陌生的新来者油然产生的那一份抗拒性的敌意。这是人心的本能，看见初来乍到加入自己的地盘，对这地盘上的门路规矩都还摸头不是脑的新来者，他们的一举一动，处处都显得那么不上道不顺眼。要化解这份敌意，首先你得样子平庸。平庸才能安抚大多数人的心，不得罪他们。其次，你得看上去本分，不惹事儿，好对付。再次，你得懂世故，识时务，会说话，会做人。我的父母，终生最不擅长的就是“做人”。他们为人的本分却又过了头，老以为吃了亏不做声就能省事，却不知如此他们将终生有得亏吃。最不幸的是，他们太扎眼，太跟别人不一样了。一个人要是知事，他绝不敢与众不同，因为与众不同将使他身处险地，无论他的不同是好是歹，在别人看来都是讨厌的理由。我的父母，不仅是新搬来的外人，还是外地人，说话口音都是奇怪的。虽然我爸爸也是工人阶级的一员，可是他显得来路不正，还有些复杂可疑。还有我们那一屋子的纸箱——七十年代中期，“越穷越光荣”的调子已经不太兴了，穷仍然本分安全，可是应当穷得稍为体面，家里至少一个五屉柜是不能没有的。

爸爸，你为什么要从印尼回来？这个问题，我从来没有问过他，倒是我长到八九上十岁的时候，开始不断地有人拿这问题来问我了。在他们问我的年代，“外国”的意义已经等于“有钱”，而不像我在伍单元住的年头，“外国”还等于“反动”。我爸爸回国是1953年，他才十八岁，坐了半个月的海船才到中国。他在船上拍了一张照片，是一个小小的侧影，站在甲板上望着海出神。他是不是在想象他没见过的祖国，和尚不可知的未来？到了中国，读中学，考大学，恰好赶上了国家三年困难时期，吃不饱肚子，又赶上了印尼排华，钱也过不来了。国内举目无亲，他只好课余找事情做，给人修钟表。有一次他在街上卖糖精，给学校知道，找他去谈话。你哪来的糖精？我从印尼带回来的。那是不是走私啊——你为什么要卖糖精？我没钱吃饭不卖怎么办？！我想学校是不信他的话的，因为其他有困难的同学都领到了补助，独独没他的份儿。学校说：“你有钱。”糖精是不准卖的。课上不成，天天挖土搞劳动，顿顿吃臭胡萝卜。到第四年上，他身体垮了，无法再把书读下去，就提前一年肄业。我想我爸爸的大学在给他分配工作时一定对他的选择吃惊坏了。全国各地都由他选，他选了这么个小城；好歹也在名牌大学的数学系读了四年，他决定要去修表！对于这么一个不可理喻的、在读书期间他们就不喜欢的学生，他们在他的分配登记表上盖章时，心情不知是怜悯、嫌弃，还是幸灾乐祸。这一个大红公章盖上去就生了效，让他自此离开这所全国著名的学府，由他向下滑落去吧。

我母亲给了我常人不能理解的爸爸的答案：“他喜欢修表。他从小就会修表。”他修表是自己会的，到了钟表店，别人修不了的表他都能修。不过，他又不愿意修表了，他看到有一个保管材料的工作，他想干那个。“我管材料，有人来领零件，我就给他们拿，没人来领，我就可以看书了。”这是他的想法。他每天带着书去上班。我的爸爸，既然你兜了个大圈子目的是为了可以看书，你为什么不干脆挑一个看书的工作？你坐在工作台前，面前摊本书，可是每分钟都有人来找你领东西：“蔡师傅，领个发条”“蔡师傅，领个表甩”，你不断站起身爬高探低给他们拿。早知如此，还不如修表呢。以你的超人技术，一天八个表的工作量保证你有时间看书。我的数学系出来的爸爸啊，你的大算盘小算盘全部都打错了。

在同去报到的转业军人对每月二十五元的工资标准拂袖而去的时候，我爸爸在心里计算了一下。“我还没成家，一个人够吃饭，日子能过得去就行了。”他毫无意见地填了表，成为国营钟表店的保管员。看来他在大学里为钱吃的苦头还没吃够，不知道钱的重要。他只知道他“饿怕了”，算一算二十五元够他一个人吃饭，就觉得过得去。他就没想到只拿一个人吃饭的工资，老婆会从哪里来。

所以我爸爸找不到老婆。现在我家的旧影集里还有几张陌生姑娘的照片，有的是短头发，有的梳着当时流行的发式，侧面一个鬏鬏。照片背面写着“XX 同志留念”，是赠给我爸爸的。她们都长得平常，以致于我印象中她们都长得差不多。她们都是别人介绍给我爸爸的，无一例外，谈一个吹一个。哪个愿意跟我爸爸哟。说是大学生，结果是在修表！这么傻的人从来没有见过。脾气又古怪，又不会体贴人。小城里有一个女人跟我爸爸谈恋爱似乎是谈得大家都有印象的，因为他们散伙之后她也没再找人，一直到现在。终身未嫁的女人在我们小城里有个奇怪的称呼，叫“大爹”。大爹跟我爸爸散伙的原因也十分奇怪：有一天我爸爸在街上碰到她，没有跟她打招呼。自此，他俩彼此就再也没打过招呼。但大爹的父母和我的父母倒保持了几十年的交情，她母亲还帮着带过我妹妹呢。

我爸爸三十二了。他因为不做饭而在床底下囤积了不少空罐头盒，给他解闷的许多藏书也逐渐给人借走散失。他百无聊赖了。我从破抽屉里翻出一封1967年的旧信，是桂花婶写给他的，安慰他“不要急，我再慢慢帮你找”。桂花婶阿古伯夫妇是我爸爸的同乡，他们是广东一个叫河婆的客家小镇子上的人，我爸爸的祖籍也是那里。我的妈妈当时就在那里。本来还住在镇上，也有大房子，“文革”一来，成分划分为地主，房子收走，全家给赶下了乡。1967年，我母亲二十二岁，梳两根又粗又黑的长辫子，两只大眼睛水汪汪的，在乡下种田。因为晒不黑,村子里的人都问:“你是不是没种过田啰？”正是给她说亲的时候，阿古夫妇回乡探亲，极力向我的外公外婆推销我爸爸。“我来给她介绍一个！这个人啊，很老实，很老实，还是大学生！你姑娘嫁给他没有错的！”

我爸爸从湖北回了一趟广东。他相亲相成功了，乡亲看他的确是“很老实，很老实”，于是放心了。他再去广东是三个月后，就是去结婚了。他带给我的外公外婆二十元钱，结了婚一个人回来了。三年后，我妈妈一个人挑着行李从广东过来，我爸爸到武汉去接她上船来小城。结婚后他再没去过广东，也一辈子没给外公外婆写过一封信。他可真划得来——他丈人丈母一个百好千好的姑娘，白送给他了。

“你怎么会嫁给了他这么一个人的呢？你嫁给谁不好！”我恨得咬牙切齿，质问我妈。

“就是！而且他们还只认识三个月就结婚了！”妹妹也附和。

妈妈只是笑，哈哈，哈哈。

“你们乱说什么呀，你妈不跟你爸爸结婚，那哪有你们呢？”我爱人说。

“我愿意没有我！让我妈过得好一点！”我叫嚷。

从某种意义上说，我的爸爸妈妈是同一类人。就是那一类不知道自己的好，不懂得充分利用自己的好去换取较好景况的人。这样的人一生不会讨价还价，也不会投机取巧。他们怯懦，不会向外争取，只知道向内苛自己。在这个意义上他们般配，虽然他比她大了整十岁。

钟表店的同事们就等着看我爸爸带了个什么样的老婆回来。其实已经结婚三年了，他硬是连照片都没给他们看过。哎，来了——嘿哟，蛮漂亮呢，眼睛这么大，皮肤这么白！而且，特别勤快，特别客气。蔡师傅是不会招呼人，她蛮实心地一定要留我们吃饭。老蔡还蛮会找呢！这么好个女的给他找着了。

我爸爸的老同事蔡姑妈来找妈妈叙旧了。因为她也姓蔡，所以一直让我叫她姑妈。她把当年老同事们对我妈妈的观感接续下去："我们都特别喜欢她，都说你爸爸憨人有憨福。唉，跟着你爸爸难为她啊，你爸爸这个人脾气又拐，又不会体贴人……你妈没工作，怀着你还割草去卖给牛奶厂，手上腿上皮肤过敏都烂了呀，我真是看着眼水流，她还笑，怎么这么吃得起苦……"

我听得眼泪直掉，问妈妈："还割草？你怎么没说过呀？"她还是笑。她一辈子都笑哈哈的，不管有多苦。

妈妈在奶牛场打工我是知道的，还浪漫地问过："是不是挤牛奶呀？"她笑道："哪里，那是正式工干的，我们扫牛粪，运砖头修牛栏。"干了两个月，场里说没有户口的不要了，她又失了业。奶牛场每天需要很多草喂牛，她就去割草卖，割一百斤挣一元二角。草很脏，她手上腿上皮肤过敏溃烂，打了很多针才好。我现在听着都紧张了："哈，你就不怕把我打掉啦？"她不在乎地一挥手："哪有的事，你好得很！"

快生我了，她还在家给人打毛衣，打一件挣四块五毛钱，开头七天打一件，后来三天打一件，手指头打出了小坑。有一次她不在，有人来取毛衣，我爸爸这迂人不知道收钱，那人拿了就走了。

我出生了。护士说："哟，这小孩儿好白呀，眼睛也睁开了到处看呢！"当时我爸爸还没到医院，他让我妈"先去"，他"就来"。倒是蔡姑妈先赶到医院的。看到我了去告诉他："是个儿子！"他高兴坏了，跑去看，结果是我。但是，我应该让他们看着眼熟吧。他们看到我之后，可能恍然大悟：原来小孩不是凭空由天赐给的，这小孩其实就是他们自己！看看我有多么像他们，不像妈妈的地方就像爸爸。——这个恍然大悟的感想，是我自己在去年的某一天突然有的。我还没有孩子，而在那一天我没来由地想到，将来会有一个小姑娘来陪我——我坚信我会生个女儿——这个念头如一阵强烈的暖流，在还不想要孩子的我的周身穿过。接着我还想到了，为什么越是身在底层吃不饱穿不暖的人，还越想多生几个孩子。就因为他们太孤苦，没人心疼他们，所以才想生个孩子来把他们当父母疼。孩子生得多，他们的亲人就多了，他们自身也就壮大了。

我被抱回了爸爸妈妈住的破木板房。哦哦，我是个祸害精啊。我哭啊哭，妈妈哄我睡觉，一连七次，我好像睡着了，她一把我放到床上我就睁眼哭，她又第八次把我抱在怀里。我爸爸说："哎哟哎哟，这小孩要不得要不得！”他嘴上说要不得，心里要得很，我曾经被试图搭在一个婆婆家，他一上午偷偷去看了几次，我坐在圈椅里哭个不停，那婆婆只顾洗衣服，根本不管。他不敢露面说那婆婆，当天下午就叫妈妈辞掉才做了半天的工作，把我抱了回来。我因为哭狠了，回来感冒发烧，闹了半个月。

我爸爸行事奇特，他坚持要让大床不靠墙，离墙半尺远。那大床其实不是床，是他们钟表店不要了的门板，四面无遮无栏，也不够宽。我睡在里面，半夜掉到了床下。妈妈半夜醒了，小孩呢？急忙叫睡在小床上的爸爸，他拉灯，居然停电，赶快点起煤油灯来看，我在床底下睡得正香。不知为什么，这回掉到地上我倒没哭，接着睡了。

我记得我有一阵子每天早上都哭，因为妈妈要上早班。妈妈四点钟起床，我一定跟着醒，但她不让我跟着起来。她穿衣服，穿鞋，洗脸，我就在床上哭。是冬天，窗玻璃外黑漆漆的，屋里黄灯泡亮着，我的眼泪把它的光线拉得老长老长，随我的抽泣上下左右不规则地拉着。妈妈出门了，爸爸哄我：“你妈妈就回来，就回来！”他往一个空罐头盒里倒些酒精，拿火机轰地点燃，泛蓝的火苗蹿得老高。他翘起脚让它在火上一过一过，烤他的袜子。我看着，眼泪渐干，黄灯泡黄得具体了。

妈妈讲：“那时候你才一岁半，我经人介绍到二食品公司去卖肉。

每天早上五点钟到那里，晚上肉卖完了还要等到第二天的肉送来，把车上的肉都搬进店里，挂起来后才能回家。别的女人都是两个人抬半扇猪，我一个人就搬半扇，主任很喜欢我，叫我卖杂骨，就是肠子肚子猪肝猪肺之类。那时候买猪肉要计划，杂骨不要计划，好多人叫我帮忙买杂骨，不帮失人情，帮这个又帮不了那个。你又天天哭，搭到哪个婆婆家都搭不出去，你一天哭到黑，人家不敢要，所以我只好回来了。”

妈妈在那里只干了十七天。卖猪肉的工作，在买肉得凭票还得起大早排队的 1973 年，可以想象是多么俏的工作。蔡姑妈说了，那么多人找妈妈帮忙，要是我妈晓得利用那些人情……我打断她：“不，她绝对不会。”我妈是最不会那些的，假设她把那份工作干下去，她不仅不会积攒起一些有用的人情，反而会白费了力气还得罪一批人，一定的。我的妈妈，肯定不会成为一个仗着自己卖猪肉而东家西家捞好处的女人。

从此妈妈不再做上班的打算，一直到我三岁。

有一天妈妈在破木板屋门口做饭，床上的我说：“掉！掉！”她跑进来看，一只大老鼠从天花板上掉落在地板上。再大点，我会说整句子了，每天唱歌似的喊：“我要大姐姐呀，我要小妹妹！”大姐、小妹是隔壁人家的两个女儿，最喜欢抱着我玩。我一岁三个月，他们开始教我认字。有一件事情至今我仍身临其境般地记得，一个奶奶抱着我让我认糊墙报纸上的字，劳动的“动”字我认得，我伸手指它：“动！”那个字后面的木板恰好有个洞，“动”字就被我捅破了。我非常高兴。“一‘动’就捅烂了！”我说。“动”和“捅”我发同一个音，意义在我看来也一样，让我觉得特别有趣。再大点，我在地上画房子、云朵、人、树、鸟……

什么事情我都记得。但我不晓得他们是怎么把我养大的，我记性再好也不会晓得。我爸爸一个人的口粮，是怎么分给三张嘴的？不外乎他们少吃，先尽我吃饱而已。就像每个月的二两肉食供应一样，他们不吃，全归我。我三十岁的时候有人说，我们家的风水全被我一个人占光了。这话说得有理，他们的确是把一切最好的都给了我：粮食、营养、资质、禀赋，还有——运气。他们受了好多苦，我享了好多福。

小时候，我认到“年”这个字，有了一个发现，它特别像我的爸爸。爸爸的脸稍微往右边侧一点，他脸上的神态，活脱就是这个字。那一条长竖就是他的鼻、人中和下巴；上面的一小撇是他的头发；一小横是他有些恳切却碰了壁的眼神；剩下的一横、一折、架在一长横上，组成的就是他的鼻翼和嘴之间的典型状态，一种带点尴尬、却不试图解释或解决的神态——太像了。要等到很多年后我才能做这样的描述：这个“年”字，就是我爸爸的脸的象形。当时的我当然不能够把这意思说清楚。我犹豫了很久，还是告诉了他：

“爸爸，你很像‘年’。”

他没听懂。“我怎么会像‘年’呢？”小小女儿莫名其妙的一句话，他没有在意。

爸爸，你真的很像“年”。虽然我现在再也看不到你了，无论我多么思念你；但是，我看到这个“年”字我就看到了你呀。

2004 年

/ 辑二 / 书话志

那些落尽繁华的名字

他们的名字，彼此都很像：周瘦鹃、严独鹤、姚鹓雏、秦瘦鸥；江红蕉、范烟桥、赵眠云、胡寄尘；徐卓呆、赵苕狂、尤半狂、包天笑；张枕绿、张碧梧、张舍我、张恨水。这些名字表现出一种相似的趣向，瞧着就像一类人，共同做着文艺梦不肯醒的。海上漱石生、洪都百炼生、平江不肖生，这些可算沿袭着古已有之的笔名格式，未出其右；而宫白羽、王度庐、郑证因、朱贞木，这几个人名的用字宛如“质数”一样刁梗、刚硬，组成一个旗鼓相当的合围——此四人是抗战胜利前后在京津一带写武侠小说的。假使单单以名窥人——写作的人该为他自己取的笔名负责，所以看名字并非全无道理——你对他们是什么看法，会不会买他们的书呢？

我是一眼就看中了这本书：《中国现代通俗文学史》（插图本）。只有匆匆一个小时在图书馆内逡巡，我凭书名抽它出来，试读了两节，回去就上网订购。这本书巨贵，但它是本巨著，光是书中图片，作者就积累了25年。把王小玉说书写绝了的刘鹗，你觉得他根本不会有照片，这书里头就有：他相貌粗犷，神情傲兀，是个年富力强的“老残”。还有“三上峨眉，四登青城”的还珠楼主，分明是躲在他穷极幽玄的冥思中不露面目的一个灵幻人士，这里居然有他身着中山装的照片。除了作家照片，还有民国时期各刊物创刊号的封面，各位作家初版小说集的书影、插图，小说中人物原型的小像，等等。只有对现代通俗文学史稔熟如活地图一般的人才会搜集到这么多图片，才知道上哪儿去搜索这些图片。这部书的作者是苏州大学76岁的退休教授范伯群老先生。78万字的著作，是他“著”而非“编著”的，是他一个字一个字写出来的。据说这部著作获了个大奖。大奖不足为凭，读书要凭自己的眼光，仅从试读的两节，我已经知道书中文字是什么水准：它以理趣稳盘扎营，以机趣诱人深入。它实在是好看，堪称我本年度买得最成功的一本书，这一个夏天我都在与它盘桓。

中国现代通俗作家本来就是一个很有趣味的群体。李碧华说过大意如此的话，假如能够选择，她最愿意生活在上世纪30年代的上海。我们当然知道她指的是什么调调。就如电影里表现的那般，有华丽的音乐伴奏的，空气奢靡的，汽车与人力车共存的，充斥着舞厅、戏院和小报的……小报，其间的一个重要元素，给它们写稿的文人，多数也该是穿长衫的，李欧梵说在他心目中这些“文人”就是范教授所研究的通俗作家。我也瞬间会过了意——我原以为差不多通览过的中国现代作家，其实只是当时作家的一半。鲁迅、茅盾、老舍、巴金、沈从文、曹禺、丁玲、萧红……光看名字，他们就不枝不蔓，正气凛然，他们是新文学作家，精英作家，是占据了上层建筑的那一半。而，被压在下面的那一半呢？那些在精英作家的一片“扫出”声中被扫出文艺界，同时却在广大老百姓的无声拥戴中站稳了脚跟的通俗作家呢？没有了他们，民国的风貌顿时不完整了，时代的气息似乎更多地由他们挟裹着呢。借用贾植芳教授的一段言论：

“新文学作家由于其出身教养和生活世界的局限，他们作品的取材面也比较狭小和单薄，从所反映的生活场合与人物类型看来，最成功的往往是知识分子与农民这两大类形象，对于范围广阔、结构复杂的中国社会的各式各种生活领域，由于接触面不广不深，留下了许多空白之处。而通俗作家却是另一类人，他们出身教养和求职谋生手段的复杂性和多样性，正像他们所涉足的社会领域的复杂性和多样性一样，这就为他们的作品取材开拓了广阔的领域，因此，他们笔下出现的社会场景和人物形象的多样性、丰富性和复杂性往往为新文学作家所望尘莫及。”

就是这样。通俗作家的人生，个个都曲折丰富，令人击节或瞠目。曾编发鲁迅的第一篇小说的名编辑恽铁樵，后来转行做了中医，得“神聋医”之誉（恽耳朵失聪），他的照片范伯群教授是在《药庵医学丛书》中找到的。写江湖会党小说、一肚子“七红八黑九江湖”的姚民哀，又是著名的评弹艺人，找他的资料可以去评弹博物馆。善写倡门小说的何海鸣，经历复杂，范教授选用了他一张眼神叵测的照片，并用如此的笔调来写他：“何海鸣有着非常复杂的历史。在辛亥革命前后，他曾叱咤风云，做过大将军和讨袁司令。他是一块搞政治的料子，可是他又有不凡的文才，因此，当政治上没有出路时，他就跳到文学这只船上来……”何海鸣有句名言：“人生不能作拿破仑，便当作贾宝玉。”他这样一个当过兵，下过狱，指挥过大战役，败北后亡命天涯，后又去做记者、写小说的人，真像是活了几辈子。

现代通俗作家切身地活在时代的风云中。武侠小说宗师、想象力鸢飞唳天的还珠楼主，在抗战期间因拒绝出任伪职被投入监狱，遭鞭笞、灌凉水、辣椒面擦眼球，经受折磨长达七十多日而坚贞不屈。出狱后流落上海，为上海正气书局所得知——这家书局真可谓“正气”矣——遂约其续写《蜀山剑侠传》。因眼伤故，还珠楼主口述，两名秘书记录，一日口授二万字，十天成一集便开印，印行万册即销售一空。文才人才，还珠楼主都称得上是位大侠。白先勇很迷他，多次研读过他的超长巨著；在北京大学版的《中国现代文学三十年》中，还珠楼主也俨然登堂入室，且占据了相当篇幅。顺便说句，该书写第二个十年的通俗文学部分，是全书最有趣的章节，我很想知道是三位作者中的谁写的，钱理群、温儒敏，还是吴福辉？大概是吴福辉。

究竟为了什么，通俗作家总是矮人一头。张恨水算是大家了，茅盾说他一句“文笔不错”他都感激涕零，在以后的岁月里多次跟人提及。张恨水似乎是个谦卑的人，一生常有受宠若惊之感慨。但茅盾那句话也许只是句客气话。其实茅盾是深具眼光的方家，他为什么不像范教授那样中肯地评价张恨水小说“情节生动，格调高尚，语言清丽，又老妪能解，家弦户颂”？也不光是阵营的问题，好像全世界都这样，你把小说写得所有人都爱看，你就混得栽了。为什么《飘》只算是通俗小说，原因不外乎是：一、它是女人写的；二、它太容易看懂；三、它过于畅销。是女人写的也可以，假如能够写得像伍尔芙那样艰深拗涩，就有博士论文来研究她了。话不能说得太明白，人不能太老实。马原早说过了，大仲马老实。他活着的时候，灰溜溜地跟在雨果、巴尔扎克、福楼拜等一班人的后面，叨陪末座。可是时间推移，雨果们在不断地失去读者，大仲马的书仍在全世界范围印了又印。好像最终是他赢了——前几年，法国终于吹吹打打地将大仲马的灵柩抬进了先贤祠。

范教授的分析，《飘》这样的外国通俗小说，传播到中国就成了高雅小说。是么？我没有想到这个，《飘》在中国也够畅销的。也许是傅东华的译笔很中国，不仅女主人公叫“郝思嘉”，还描写她“下巴颏儿尖尖的，牙床骨儿方方的”。如果中国的普通老百姓不爱看，那是些什么人在看它呢，爱好新文艺的女学生？一边向往革命，一边暗中把自己当作郝思嘉——好像就是她们。如果《飘》在中国就变成了高雅小说，那么雅俗的界限究竟在哪里？

有一个人频繁地在范教授的书中出没，他是鸳鸯蝴蝶派作家周瘦鹃。周瘦鹃是一位身体力行的言情者。他曾有个叫 Violet（紫罗兰）的女友，因对方父母阻挠而分手，自此他一生低眉紫罗兰，取笔名紫罗兰庵主人，取斋名紫罗兰庵，办刊物《紫罗兰》《紫兰花片》，后者是专发他个人作品的小刊物。他连用的墨水都是紫色的。要是放到《围城》里，用这种颜色的墨水会被方鸿渐呵斥："写这种字就该打手心！"其实不同的人生，没有我对你错，而是如不同平面上的两条直线，是并行不悖的。周瘦鹃笔迹娟秀，他的字用紫色来写也不难看。他办刊物，极尽精巧之能事，如同设计园林，或摆弄他的小盆景——周瘦鹃可是个盆景艺术家呢，著名的。他办的《半月》杂志，精印的封面镂空一块，像苏州园林的漏窗，扉页是彩色仕女画，二者交叠，画的最精彩部分就在镂空中展露出来。“紫藤花底坐移时，抱膝沉吟有所思。还是伤春还惜别，此中心事少人知。”周瘦鹃为人的风格如此“鸳蝴”，作品倒也不纯粹“鸳蝴”，他还写了大量的爱国小说、道德小说。他的小说《父子》，写一位孝子，因父亲受伤，他叫医生把他的总血管割开取血，灌入他父亲身体。此小说备受嘲笑，郭沫若批评说："周瘦鹃对于输血法也好像没有充分的知识。"郭沫若学医出身，当然他正确，周瘦鹃受了奚落也作不得声。我觉得他很天真。

但张爱玲是要去找周瘦鹃的。范教授说："他们（精英作家）是不会像张爱玲一样去找周瘦鹃的，即使是过去曾经找过，即使后来并'不以为耻'，至少会将它看成是一种'童稚举动'。……（而）她坦然地去找周瘦鹃，而且带着一种虔诚的敬意。她没有找错门。"张爱玲精准地找到了能精准地欣赏她的周瘦鹃。周不仅看出了她的小说根底在于何处，张的"好过中文"的英文，周也恰好能接受，因他也以英文程度高著称于上海。就在周瘦鹃的《紫罗兰》创刊号上，张爱玲果然一炮而红。

前些日子我翻译辞典，碰到个词组：the grand scheme of things，意为"天地万物的格局"。宇宙中即使没有上帝，也有个类似于上帝的大手在翻云覆雨。世事陈陈相因、环环相扣。柯灵"扳着指头算来算去，偌大的文坛，哪个阶段都安放不下一个张爱玲，上海沦陷，才给了她机会"。看起来很悬，差一点就出不来了，其实不，一定会出来。张爱玲之为张爱玲，她就一定不肯听郑振铎的话：稿子先由他买下，暂不出版，等待抗战胜利之后。她一定会去找周瘦鹃，她一定会冒头。

关键是，身怀绝技的女作家呀，你能不能找到你的周瘦鹃。有眼光有品位之外，他还必须是一个正直的人……

周瘦鹃的《紫罗兰》办了整四年，96 期，于 1930 年 6 月结束。同年，大东书局为十六位通俗作家出版了一套《名家说集》。同年，张恨水的《啼笑因缘》一纸风行。次年，一个叫范伯群的人物诞生。周瘦鹃张恨水们就等着吧——等到他们的繁华年代如烟云过去，等到通俗文学的三十年断层期也过去，一直等到七十多年后，范伯群先生将为他们写一部《中国现代通俗文学史》。

2007 年 8 月 16 日—18 日

瞬间的慈悲

蒋碧薇的回忆录，在台湾是畅销书，在大陆这边也印了不少，我们学校的图书馆就存有好几本。书名《回忆录》，其实只是她回忆录的下半阕："我与道藩"。在这一半里，她写到徐悲鸿时用笔非常简略，使人很清楚地看到从前的爱已经没有了："一夜悲鸿突然从广西回来了……然后他孑然一身独往桂林；他这么惊鸿一瞥地来去匆匆，简直使我无法猜测他的目的究竟何在？"不过，她同时还写了也是几十万字的"我与悲鸿"，这又反驳了我的话。我想若换了是我，倘对某个人没有足够的兴趣或者兴趣丧失了，还真是写不出来呢。

看过上半阕的人说，蒋碧薇写徐悲鸿，写的都是怨。这怨也延伸到了下半阕，仍很明晰：怨他自私，怨他出轨，怨他不尊重她屡屡伤害她。我信她所写都是真情——她心思细密，文笔优雅，处在她那个位置上，她确能体察到常人看不到的大师的侧面。她可能偏执，甚或矫饰，但应该是没有撒谎，只看你读时能理解多少了。

蒋碧薇怨徐悲鸿，有几处提到钱。一次是徐给她五十元，叫她把一家五口从南京搬到重庆去；一次是徐托人带给她三十大洋，她生气退回去了：“盖我虽无能，亦不至短此而饿死，是真辱我太甚矣！”还有一次两人为家用起冲突，“他当时答应我两百元，后来因为他啰啰唆唆，我自动减少五十元。上个月他是如数付给的，今天忽然托朋友送了一百元来……我不能忍，跑去质问他，想不到他竟痛哭失声，这是我二十年来从未见过的事。”蒋向徐要钱是没有错的，作为他的妻子，尤其是已经被冷落的妻子，家庭负担逼人太甚，吵也是免不了的。徐竟然哭了，可见是真有苦处；而他前两次落她话柄的给钱，我理解他是个艺术家，不知道生活需要多少钱，在某种场合下应该给多少钱，所以才给出那两笔荒谬数目的钱。

他不善打理生活，而她又太善于了，可惜，这样两个人要能合作愉快该多好。两人最终了断的那笔数目，仅用钱没法计算：一百万赡养费，四十幅古画，一百幅徐的画。蒋碧薇并不讳言这一事实，只说：“我当时提出的条件，深信绝不苛刻，它不仅是悲鸿毫无问题能够接受得了的，同时，它甚至不能补偿抗战八年里我为抚儿育女所花费的代价。”有说法称，徐赶作了第一批画五十幅，连同四十幅古画和二十万元钱“首付”给蒋，可过了一段时间蒋说不算数了，于是又重新付了一百万元和一百幅画，请沈钧儒律师做证，两人立字据了结。此说不知信否，至少一百万和一百幅画没有疑问是事实。或许有人会说，徐悲鸿画一百幅画还不容易？而我以为，越是大画家，作画越难，只为他心目中的标准太高。对于将要签上“徐悲鸿”三字的画作，徐悲鸿怎敢敷衍？降格草草会令他羞耻，他呕心沥血也不敢辜负。如果画出了太好的画，他势必又难割舍，这样感情上也是折磨。真的，蒋女士抚育了两个儿女，而这一百幅画也是他的儿女啊；而她要他的这么多画，也不至于是用来怀念的？不管当事人局外人如何众说纷纭，“徐悲鸿花一百万和一百幅画与前妻离婚”这一事实听起来，让我们觉得徐悲鸿颇有风度。从蒋碧薇那一边看呢，她也很有风度。在钱的问题上，要么像电影里那样把递过来的支票一撕两半，要么，就得要个漂亮点的数目，否则对自己是个侮辱。有律师一再对徐解释，因为两人其实并未办过结婚手续，所以除子女的抚育费用之外，对蒋的其他要求都可不理；而徐按蒋的要求付了。我觉得他是一个很忠厚的人。他干不出那种事——以无婚书为由拒付赡养费。那也太不合他一代美术宗师的身份了。

蒋碧薇回忆录的末尾处说：“从此我以离婚时徐先生给我的画换钱为生，一直到现在，我没有向任何人借过钱，也不曾用过任何人一块钱。”她说，对于钱财，她一向喜欢来去分明，丝毫不苟，她就决不肯要张道藩的钱。是的，她爱张道藩所以不肯让钱掺杂进来，不爱徐悲鸿了才跟他谈钱，这也是人之常情。不爱了，确是件悲哀的事，迫使彼此留下不良的印象。不过，蒋碧薇结尾的那句话羡煞多少离婚妇女：她们的赖着不付子女赡养费的男人，怎堪比得徐先生！

徐悲鸿把一百幅画交给蒋碧薇的时候，还另外送给她一幅《琴课》——画上就是她，那是他俩从前在巴黎的时候，他画的拉小提琴的她。我是无从找到记述徐悲鸿对蒋碧薇曾经的感情的文字了。你如何知道一个画家的心意？看他的画吧，如果他画中的她是美的，那他就是爱她的，至少他的画笔落在画布上显现出她一个细微而动人轮廓的一瞬，他已经饱蘸了爱意去画那一笔。《琴课》里，是“她”，侧背对着他的“她”，我们只看见她低垂的眼睫和优美的身姿，专注于琴。蒋碧薇是一个美丽的女子。徐悲鸿带她私奔的时候，两人都还太年轻。年轻得或许不懂得爱，但为什么是带她，不是别人呢？他那与生俱来又训练有素的发现美的眼光，那时已经不会是幼稚的了。

蒋碧薇这本回忆录的封面，用的是徐悲鸿的另一幅画《箫声》，画中娴静地吹着箫的女子，也是她。如果是全本回忆录，用这幅作封面固是极好；可这一本其实只是下半部，内容是张道藩心目中的蒋碧薇，封面上却依然是徐悲鸿心目中的蒋碧薇，这就不太合适了。张道藩当年赴欧洲也是去学画，而且学了七年，可是有徐悲鸿如泰山压顶北斗在上，他纵然画过碧薇又怎能拿出来甘拜下风？让碧薇选，她只怕也会选徐的画作封面——这个问题不好细究了。

徐蒋在离婚协议上签字的那一刻，因为有他额外送她的她的画像，予人一种温情犹在的感觉。廖静文说，他知道碧薇很喜欢那幅画，所以带去送给她。从另一面来理解，也可以是这样：这是我从前画的我爱过的你，现在把它还给你，你珍重吧。信吗？徐悲鸿后来再也画不出蒋碧薇来了。

之前，有一段时间徐悲鸿意图与蒋复合，把一个戒指交给蒋。这枚戒指上镶着一粒红豆，是他一个女学生孙多慈送给他的。徐将之镶嵌成戒指，背面还刻上“慈悲”二字，是他二人名字的璧合。徐把戒指转赠给蒋表明决断和示好之意，又惹得蒋大怒：你是要我永远记得这件事吗？这件事，我看到的资料对之的描述都简略、闪烁：孙才华出众，考入中央大学艺术系的时候绘画成绩是一百分；与徐悲鸿相恋十年，后因父母坚决反对而分手（这孙家父母倒是可爱）。其实这件事情，描述越是简略越好，既保护了这段爱本身，又引发人的遐思。他爱过她吗？——蒋碧薇说，徐悲鸿爱的是艺术，不是任何人。把这句话的正确成分提炼出来理解这桩传闻——当他看到她运笔作画的灵慧娴巧，该激起他心头多大的惊奇和震荡；绘画本是无须翻译的艺术，心有灵犀之人，一点即通。他俩即便只有画布上画笔的贴切缠绵，也已胜于无数……我想有一种女人会羡慕孙多慈。尽管这件事后来过去了，但又有什么事情不过去呢？十年很长，却也短；瞬间极短，而又无限地长。

孙多慈后来也是著名女画家。多年后，她在台湾，曾作一小横幅《芊芊牧鹅图》：鹅十余只排队前行，伸颈舒翼，顾盼长鸣，姿态各异，栩栩欲活，后一小儿挥鞭赶之。孙最擅画鹅，这幅画的情趣可以想见。而“芊芊”呢，则是她孩子的小名，就是那个赶鹅的孩子。图后还有芊芊的父亲题的小词数首。——孙多慈很幸福。感情的来去她都做得很好。

尤其好的是——她没说什么，都留给自己了。公开是一种失去，即使幸福得为人称羡，自己剩下来拥有的也减少了。

2003 年 6 月 22 日—23 日

水 边

1

……半歇，王婆出来道："大官人，吃个梅汤？"西门庆道："最好，多加些酸。"王婆做了一个梅汤，双手递与西门庆。西门庆慢慢地吃了，盏托放在桌子上。西门庆道："王干娘，你这梅汤做得好，有多少在屋里？"王婆笑道："老身做了一世媒，那讨一个在屋里？"西门庆道："我问你梅汤，你却说做媒，差了多少。"

中国籍的美国犹太裔学者沙博理（Sidney Shapiro）在翻译《水浒传》时说，这部名著是中国书，比其他国家的典籍倒容易些，因为书中宋朝人物所讲的口语跟今人很接近，人们在阅读它的时候，会诧异于书中对话的"现代性"。——真的呢，莎士比亚时代的英语叫"现代英语"，可是莎翁的戏剧原作谁读得懂。但诧异的其实是沙博理。他不提醒我们倒忘了，西门庆跟王婆讲的是“白话”。

《水浒传》的好看是一段段的，间隔着一些不好看的部分要跳过去，不像《红楼梦》，随便从哪里看都行。“鲁提辖拳打镇关西”“林教头风雪山神庙”，这两个章节就算不选进中学课本也不愁没人会背。武松的故事，全中国的人都比阳谷县的居民知道得更详尽。可好多好汉就硬是连名字都没记住，更不晓得他们干了些什么，不像大观园里的丫头，中途改过名字的都知道谁是谁，身世也都清楚。但若据此说《水浒传》不及《红楼梦》却又错了，因为这两部书打开的是不同的时空门。每个作家的头脑都是一个独立的宇宙，只要他成熟而完整地呈给你看其间的奥妙，就是好。

我就挑着原著最精彩的部分来看沙博理的译文。英语的跳脱短俏，翻译鲁达的拳脚恰恰好：鲁达大怒，揸开五指，去那小二脸上只一掌，打得那店小二口中吐血；再复一拳，打落两个当门牙齿。那三句绝文：“却便似开了个油酱铺，咸的，酸的，辣的，一发都滚出来”“也似开了个彩帛铺，红的，黑的，紫的，都绽将出来”“却似做了一个全堂水陆的道场，磬儿，钹儿，铙儿，一齐响”——也全都字句对应地翻译出来了。英语里不缺形容词，“咸的，酸的，辣的”给组成了“头韵[1]”，“红黑紫”也一样鲜明排列，最后一句倒是加了几个字：“（郑的脑袋轰鸣，）像大型葬礼上的锣、铃、钹的交响。”这三句可算是意象派呢，到后来张爱玲才将之发扬光大，在小说中大面积地描绘感官世界。

西门庆在的那几回，原文甚是婉转。作者表现得人情练达，世务清通，人人都说写《水浒传》的人不解风情，不擅风流，但看他写西门庆每日所干勾当，温吞水磨，做小伏低，他其实懂得很呢。译文似乎太简单些，我对照着看，每句话确实都翻译了，却不知为何没有原文那种尽致委曲之感，缺少的似乎是一种“宋朝风味”。沙博理说他在走钢丝，书中的语言在他看来很“现代”，古老而奇特的是书中的生活方式，习俗和观念，故此他用很直接的英语来译这部书。于是，一个颇可爱的西门庆丢了一半的神儿。西门庆夸奖潘金莲好，赞武大郎有福，说他家里娘子一个都不好：“为何小人只是走了出来？在家里时，便要怄气！”翻译成了：“这就是我花这么多时间在外面的原因。”花这么多时间在外面干啥？跟客户吃饭，陪总经理洗脚呀？

《水浒传》的几种译本标题各异，沙博理的是“Outlaws of the Marsh”——水泊边的强盗。赛珍珠的有特色：“All Men Are Brothers”

[1] 这三个形容词 salty，sour，spicy 都是 s 开头，称为头韵。

——一切男人都是兄弟，四海之内皆兄弟。她的本子据说曾得鲁迅称赞，但也有翻船之处，成为笑柄：武松跟店小二争论，喝斥他："放屁！放屁！"赛珍珠把这两个字按字面意思直接翻译过去，还同样重复两遍："Pass your wind-pass your wind！"这样就成了祈使句，武松要吃酒，却勒令面前的小二"把屁放出来！把屁放出来！"仿佛是使用了翻译软件的效果，赛珍珠那会儿是睡着了吧？

一个没见过的本子的书名倒好："Water Margin"——水边。情节浓而标题淡，我很喜欢。

2

又要重新拍《水浒传》了，我想不会超过 1998 版。光是预先放风要请韩日明星加盟组成阵容，就够讨厌的。祖宗们留下的好东西不剩几样了，至少把一百单八将的血统给保持着吧。真找不出几个三分像林冲，七分像李逵，装模作样就像吴用的中国人来？真是，好歹咱们是从小看《水浒传》长大的！

1998 版电视剧《水浒传》的好处，是其间的"宋朝风味"。人物也像，市井也像，说的话也像——他们一说台词，我们马上嗅出这是古代的白话，跟现在的白话不同，一种时空的距离感，顿时生成了。还有它的主题歌，多可爱，真不知刘欢是怎么把普通话唱出山东话的味儿来的。

他可真是个天才，其形貌则如下凡前的天蓬元帅……

这部电视剧的另一独门暗器，是请了戴敦邦出山。戴敦邦先生一辈子都在画“红楼”“水浒”。我有一本薄薄的他教画仕女图的小册，他讲：“必须严格训练基本功，掌握人体解剖结构、人体写生，在绘制即使着衣人物图时，画者自己一定要有一个正确符合人体生理结构的裸体图存于胸中……”我笑了起来。不是说这番话不正确，而是这理论恰好不对应戴老先生的实践。难道他自己竟是不知道，他妙不可言的地方究竟在哪里？大艺术家很可能如此，绝活全在实践中，要抽暇授徒，弟子们往往学了个南辕北辙。戴敦邦的人物画，妙在夸张变形。一变形当然就不符合人体结构了——刘继卣就完全符合，他是另外一种好——恕我斗胆说一句，戴敦邦画的十二钗，是得其神而不美。戴敦邦适合画《红楼梦》中老谋深算的部分。另一部分，清新的、天真的、灵秀的、芳香的部分，该刘旦宅去画。中国历历有人，任何事都有最该做的人去做，都做得成。戴敦邦的扁扁的、变形的小人儿，他的“戴家样”，用来画《水浒传》却是令人叫绝，正因为他们的不合比例，才分外显出好汉们过人的神骏！行者武松、豹子头林冲、花和尚鲁智深，此辈本非凡人，怎会长一副凡夫俗子的体格？寓精神于形容，这是从陈老莲的“水浒叶子”就开始了的探索，戴敦邦当然走得更远。

1994年，《水浒传》的制片人张纪中跑去戴先生的画室请他出任人物造型设计。戴先生慨然答曰:“此事必由我来做，没有报酬我都愿意。”吹口仙气，看自己画下的人脱胎为真正的血肉之躯，当然是一大快事，对广大观众来说也不亦快哉，得以在每一集的末尾一边听刘欢高歌一边欣赏戴先生的水浒长卷图。

《水浒传》的编剧面临的工作，是选、编、增、删。某些人批评他们本子用得不对，为什么不用七十回本，要用一百回本？当然应该用一百回本！后三十回的招安与征方腊不可或缺，它是秤砣，坠下去是为了荡得更高。受招安的憋屈冲天、征方腊的血流成河，与前面各路英雄的神武英伟、豪气干云形成残酷的对照。每一位英雄都是连城璧，而他们竟然被串在一起，齐齐不值钱地破碎，这样写就是为了让你心痛的。金圣叹将后三十回斩去，让《水浒传》于英雄排座次的高潮中结束，难道人生能够就此达到理想国吗？理想国是一定会破灭的，即使能够短暂地抵达。金圣叹自己也被斩了。“花生米与豆腐干同嚼，大有火腿滋味。”他临终如是说，这可以解释为：没有火腿，我们是假装有火腿。

拍电视剧，一百单八将肯定得删去大半，另外再增加些戏份儿给其实颇重要的人，如潘金莲之类。鲁达亮相之前，先安排镇关西出场作铺垫：一帮伙计奈何不得的一口大猪，他三两把就开了膛，可见他也端的是条猛汉。这幅杀猪图还能一笔两用地作为宋代市井图的一部分。增删之外，改动最成功的当数林冲之死。原著中林冲死得莫名其妙，他麻木不仁地与众人一道受了招安，一起征辽打方腊，最终却只是在宋江给皇帝的上表中名列死亡名单，说是在路上病死了（一同病死的还有杨志，我这才确认杨志是入了伙的，这个人自打上山之后就好像不见了）。名震天下的八十万禁军教头，就这么死到一边儿去了？简直不像话，马幼垣先生分析得好：当与林冲不共戴天的高俅被活捉上梁山，宋江却亲解其缚，纳头便拜，口称死罪，那一刻，林冲必定觉得天聋地哑，痛苦万分——究竟上梁山是否选择错了？《水浒传》毕竟非一人所写，写到后面的人，忘记了林冲曾经怎样被逼迫得了无生路，或者林冲本来不是他写出来的人物，他因而不会体贴这个人物的情感。电视剧改得极好。宋江要拜高俅，独独将林冲关在了城门之外，不让他进。当林冲眼睁睁地看着高俅被放走，小舟行远，大势已去，林冲喷出一口鲜血，就此不起。最后更是接近高鹗的笔法：这边厢，一众在披红挂彩敲锣打鼓地招安；一壁之隔的那边厢，病榻上奄奄待毙的林冲声声入耳地听着，脸上完全没有任何表情了。林冲没有招安。

3

马幼垣先生为香港大学文学士、美国耶鲁大学博士，曾在夏威夷大学执教逾四分之一世纪，并历任斯坦福大学、台湾大学、台湾清华大学（新竹）、东海大学、香港大学、香港岭南大学客座教授。如此履历，可知这是一部怎样训练有素的学术头脑。他“著作宏富，文史兼精，以中国古典小说、近代海军和中西交通研究为治学核心”。这三样研究风马牛不相及，他各自组织体系，分头运行，体现出三头六臂之能。他的夫子自道有种傲气凌人的感觉，可能是他底气够足，他说了：他治学，天下尚存的主要一手资料早晚得全部集中在手边，近百年用中英日法文发表的研究报告，不管在世界哪个角落出版，终须悉数用原版配齐，不用海盗货，更不看无法保证准确的翻译品。厉害。所以他泰然自若地说一句：“我的《水浒传》研究算不上真的特别，我治海军史的本领倒是绝学。”

马幼垣是《水浒传》研究名家。他的“水浒四书”，读过其中一本的人必定会去搜寻其他三本，网上有证据：“购买此书的人还买了……”我买了其中的两本：《水浒论衡》和《水浒人物之最》，前者学术，后者通俗。后者是给报纸副刊写的，文字功力并不输于前者，只是我不明白他为何要说“最”——以他这样的高级心智，应该同意世上之事没有什么“最”。“最”是一切的总和。说林冲是“最苦命的英雄”，还不如只说他是“苦命的英雄”，含义反而更深广。

《水浒论衡》是一部非常高级的书。

从不知学术考据文章可以写得如此妙趣横生。摘引一段：

最绝的是张清，咽喉中箭，换上别人必立毙无疑，他却可以给送到别城去让安道全治疗。征辽的最后一场大战他还复出参加呢，与关胜、李应、柴进为一队（宋江爱护兄弟之情如何交代？人手既足，何必要刚拾回性命的张清上马提枪）。待征方腊时，梁山好汉不独没有这份运气，也没有这种异常的体质。

看得我哈哈大笑。大规模描写大批人物事件的长篇小说，这里那里有照应不周之处在所难免，一部《水浒传》流传千古，经不起千人万目地看，错漏、荒唐、不合情理的地方给马幼垣这样锋利诙谐的笔写出来，处处绝。然而，《水浒传》在如此的盘剥之下依然不塌架，它自相矛盾的地方可以解释出某种意义，暧昧含混的地方也可以发掘出某种意义。从这一点来说，宋江等人的形象在《水浒传》中只完成了一半，另一半，属于原作者的潜意识或无意识的，就由马幼垣这样的头脑去填充。这也符合时下在一切领域中都颇时髦的“互动性”。

有一篇文章尤其独特：《混沌乾坤：从气象看〈水浒传〉的作者问题》。《水浒传》的作者是谁，这问题从来广受争议。马幼垣独具一格地选择了气象的角度来观察。林冲雪夜上梁山，是紧跟在风雪山神庙和火烧草料场之后的事。林冲刚到梁山地界时，“彤云密布，朔风紧起，又早纷纷扬下着满天大雪。行不到二十余里，只见满地如银”。而到达梁山水泊时，却见“山排巨浪，水接遥天”，仿佛是夏天？林冲轻快地乘小舟直去金沙滩。要按地理条件分析，严冬时节，梁山泊应该全面冰封才对呢！全书发生在梁山泊的许多故事，水泊保持着同一的环境，毫无季节分别。呼延灼的连环马大举攻梁山的那次，不幸又是冬天。连环马就是变本加厉的拐子马，拐子马则来源于传说中金兀术的兵术：“皆重铠，贯以韦索，凡三人为联。”这种装备连乾隆都御批过了：不通！连环马还要加倍地搞，每三十匹马用铁环连锁成一队，共一百队，波浪般冲锋。只有在想当然的理想状况下，马队才能如此冲锋作战，可现实是在冰面上——哗啦！“每队共有马脚一百二十只，任何一只踢着积雪或薄冰，都可以牵一发而动全身，尽数人仰马翻。随后来的，刹止不了，便一队队碰上去。”正如高速公路上的连环车祸。所以，“宋江仅需晚上在战场多浇点水，根本用不着跑一个大圈去骗徐宁上山，赶制钩镰枪，和匆匆训练士卒新枪法”。

在列举了诸般类似情节之后，马幼垣教授得出结论：《水浒传》的作者，是一个对北方的冬天景况所知有限的南人，他不明白湖泊之水在冬天会冻结到什么程度，大雪过后地面的积雪会怎样变化。传说中的施耐庵是苏北兴化人，那么，他就不是那个南人。

即使你不完全同意他的结论，也会欣赏他的推理——我就是的。

马幼垣教授是学问家,《水浒传》的作者是小说家，他俩的逻辑基础不同，如同关公战秦琼。我是二者通吃，两边都看得热闹。《水浒传》的作者可能确是对北方的冬天不甚了了，但也有可能，他明知道是那样的，而偏要这样写。

情节要和季节相联系，但季节也要主动配合情节。逼上梁山必须发生在最寒冷的冬季，不仅是这样才会有风雪山神庙和火烧草料场的情节，还因为，漫天的风雪才会跟彻骨的冰凉一道，深深侵入林冲的灵魂。在后半生里，他永远也忘不了那个冬天，那个冬天他横祸连连、家破人亡、朋友变身为仇人、世界再无他立锥之地。那个雪夜，是个泣血的夜，曾为东京八十万禁军教头的他，竟会奔梁山去做强盗！他到的水泊，是全书中梁山水泊第一次呈现于读者面前，倘若此时不“山排巨浪，水接遥天”，而如实写成乌有的水、可供踩踏如履平地的冰，岂不是甫登场即威风扫地、见面不如闻名?

且喜读者也都满意，并不置疑。我们相信，梁山的水泊就是那个样子的，终年不冻，易守难攻，给梁山以天然屏障。虽说冰冻起来其实对呼延灼的连环马大大不利，可我们依然相信，连环车祸不会发生，连环马的确威力无比，大破连环马则更是一出热闹戏。我们要看好戏。情节需要，季节便抛诸脑后，谁管它？纳博科夫说 :“我承认自己不相信时间，我喜欢把我的魔毯用完叠起后，让它的图案的一部分叠印在另一部分之上。”《水浒传》的作者亦深谙此道，所以才随心所欲，多次冬景夏描。小说就是小说，不必完全遵从时间空间地理天文之囿。一打祝家庄时恰值天寒地冻，而先锋李逵赤裸挥板斧——你信吗？信。隆冬里要裸一个人的话，那肯定是李逵，他做得出。

但这并不妨碍我将《水浒论衡》视为宝贵藏书。马幼垣教授除了“精湛的考据功夫、深厚的学养、不凡的见识”，其文字的闪转腾挪、鞭辟入里、无懈可击，仿佛是引领我的大脑打一套逍遥拳——没他带，我绝打不出来的。打完，依旧不会，但事实是我确实跟着他打了一遍高难度拳法。

马幼垣是金庸的表弟。

2007 年 11 月 20 日—30 日

他在那里

1

我找不到他翻译的那部书——更确切说，是半部书。对于找不到的书，我有一个宽解自己的想法：国家图书馆肯定有。哪天去北京把它找到，复印一本，就可以了。我的许多丢失了的心爱的书，我想国家图书馆里都还存有，被珍藏着，那比它们在我手上还好些。我真的去了一趟国家图书馆。搜索他的书，竟然没有，我失算了。想到一个不好翻译却很来神的英文字，用在这里正合适，这就叫作“misfire”。

他的书名叫“The Story of the Stone”：《石头记》。我读过同一部书的另一个译本，书名“A Dream of the Red Mansions”：《红楼梦》。那是翻译家杨宪益、戴乃迭夫妇的作品，在国内很容易找到，可我还是想读他的。他是 David Hawks：大卫·霍克斯，一个英国人，本是牛津大学的教授，就为了这部两百年前曹雪芹未写完的书，他不再做教授，回家闭门埋首十五年，译出了它的前八十回。后四十回他不译，因为他要译的是曹雪芹，不是高鹗。替他将后四十回译出的青年是他的学生，后来成了他的佳婿。这青年名叫闵福德（John Minford），我们后面再说他。

在网上也搜不到霍克斯的多少信息。抄来抄去的帖子，只简要地说他是“二十世纪后半叶的著名汉学家”。“二十世纪后半叶”，感觉好远了，这个“叶”字尤其显得古香古色，其实距离当今没多少年，更何况,霍克斯先生现在仍然在世。当世还有这样一位深藏不露的高人在，我觉得需要几秒钟的屏息，以免空气的流动搅扰了在我的抽象意念中存在着的他。

他翻译的《石头记》我只有幸读到一些片段，但已足够窥斑知豹。最先读到的是《好了歌》——当时，真是惊得要跳起来，真有如此鬼斧神工的译笔啊！如果说曹雪芹的文字是“神鬼文墨，令人惊骇”，这霍克斯的译文，竟然不输分毫，蟹形的西文与方块的原文达到了一个高妙工整的对称：我们有我们，他们也有他们！我反复默诵，惊叹渐渐变成感念，变成几乎要涕泣的感动。多么遗憾，曹雪芹没写完他的书就死去了；多么意外，二百年后西方世界会来一位大卫·霍克斯，他揣摩曹氏的心意仿若雪芹重生，他把那字字看来皆是血的前八十回，用他的十五年生命，重新贯穿了一次。

在译序中，他写道：

“原著虽是一本未完成之作，但它是一位伟大作家呕心沥血的结晶。因此我认为，凡是书中的内容都有其价值。我要将书中的一切都翻译出来，包括双关语，也要表达出来。我不自视所有的细节都处理得完美，但如果我能向读者传达出我在阅读这本中国小说中所获乐趣的百分之一，我的此生，便不算枉度。”

2

《红楼梦》着实好看。它书里有一种芳香气息，教人越看越爱，真是“词藻警人，余香满口”。它是一花一步，移步换形，随便翻到哪一页看进去，都能立刻融入它的一层肌理，其上其下有无数的关联照应，既悬而未决又妥妥帖帖。许多人慨叹曹雪芹是怎样写出这样一部书来的，如同不置信古埃及人是怎样徒手造出了浑然一体的金字塔——是这样的璞玉浑金，凡人摸不着下手处。凡人是做不了，即便动用电脑，而在他，或许用不到那么精密具体的筹算和建构，他下笔自有神。他的文字绵针密线，连珠缀玉，天衣无缝——他的技巧是无为而为，别人学不来。

要用什么样的语言才能形容曹雪芹呢。一个贾宝玉，一个林黛玉，一个薛宝钗，这三人的文采精华，皆由他一人分身而作。金陵十二钗正册副册，那些拔了尖儿的女孩子实际上都是他的化身。还不止于此，大观园里上上下下几百号人，无一不是出自他的心窍。曹雪芹，他是他们一切人累加的总和。你以为他们当中的谁太聪明了，那聪明其实是曹的；谁太愚蠢了，那愚蠢也经过了曹的观照，变得晶晶发亮。

1948 年，英国青年大卫·霍克斯在海上漂泊一个月后，经香港来到北京大学做研究生，当时他是北京城里唯一的一个外国研究生。之前他在牛津，教他中文的老师是红学家吴世昌，他也曾借阅过《红楼梦》，那时一点也看不懂。在北大的时候他听过俞平伯的讲座，不过讲的是杜甫。1951 年，他返回牛津出任中文讲师，翻译出版了《楚辞》。从 1973 年起，伦敦企鹅出版社开始陆续出版他翻译的多卷本《石头记》。——插句题外的话，我真是惊异那个年代非常稀少的研究生，是多么的货真价实，几年的书读下来，再怎么艰巨的工作都能胜任了。前面提到过的杨宪益先生的夫人戴乃迭（Gladys Yang），是牛津大学第一个以研究中文获得学位的毕业生，霍克斯则是第二个，他们两位后来各自翻译出了全本《红楼梦》。

没人知道霍克斯是如何从“一点看不懂”，到译出被誉为最佳英译本的《石头记》的。译者的艰辛不为人知，霍克斯说，他感受到的是“乐趣”，比阅读他的精彩译文更胜百倍的乐趣。一定是因为完全读懂了原著的好，他才甘之如饴，用他的十五年生命来奉陪。我想象他逐字逐句地琢磨曹雪芹写下的文字，熟极而流，渐臻化境，感受到他与原作者的通灵——横跨二百年时空的两段脑电波对接上了，在不可思议的宇宙中，像奇遇的彩虹。“哦，你在这里。”也许他们彼此这样对话。无须多言的握手中，他们交换的是彼此完全吻合的掌印。

3

“Men all know that salvation should be won,

But with ambition won’t have done, have done.

Where are the famous ones of days gone by?

In grassy graves they lie now, every one.”

这就是《好了歌》的起首四句：“世人都晓神仙好，唯有功名忘不了；古今将相在何方？荒冢一堆草没了。”“神仙”，是一个道教概念，做神仙是以老子为始祖的道家学说的最高理想。西方世界，不提神仙，霍克斯转用“salvation”一词，意为“拯救”，取自基督教的价值观：人人都晓得灵魂需要拯救。从罪孽中得到拯救也是基督教徒的最高追求。道教转换为基督教，一首诗在翻译过程中连同它的文化背景都转换了，虽两相迥异，却奇妙地对称。标题“好了歌”，霍克斯译为“Won-Done Song”，善戏谑的人说是“完蛋歌”，并由此赞叹霍克斯教授必是一诙谐之人，“完蛋”二字，简直跟疯癫道人风骨神似。“Won”当然是“好”，“Done”暗合着“了”，这两个字又押韵，恰如“好”“了”。在四节诗歌中，霍克斯不断重复朗朗上口的“won’t have done, have done”，而且每一节末尾都以一个“one”准准地押在韵上。他的活儿干得太绝了，语词简直不像是刻意的寻找，倒像是恰好有，给他拈来——哪儿找得到这么绝的对等？这个霍克斯，好生了得啊。

一部《红楼梦》里有多少诗词、曲赋、对联、灯谜、牌九、酒令？除了音律对仗之类的讲究，其间又往往带有含义曲折隐晦的双关、出典、析字、藏词……即使只是把它们译成白话文我们都会觉得不可行，稍稍一动，那绝妙的文字就死去了。无能为力的地方，我们说不可译，可是霍克斯说，他一切都要译。他硬是凭他的学识和才力，将已经成为绝响的曹氏的文字，在他笔下以另一种形态转世复生。

4

我不知道他在哪里。他好似不会在这个过分物质和现代的世界上存身。2003 年，北京召开“纪念曹雪芹逝世 240 周年”大会，向二十多位翻译家颁发“《红楼梦》翻译贡献奖”，他在获奖之列，但他没有来。获奖这件事也还是太物质。从前顾城说过一句话，说英国有个翻译《红楼梦》的霍克斯，原来是教授，后来跑到威尔士放羊去了。这句话跟《红楼梦》很相配，跟霍克斯也相配，“白茫茫大地真干净”，即使是威尔士的大地与羊群，情调也是相仿的。与《红楼梦》的匹配，才气之外，就看那个气息跟气味，是否跟原作一致，如王立平的作曲，如刘旦宅的插图——我始终觉得画了那么多《红楼梦》插图的戴敦邦先生，其实是为画《水浒传》而生的，最该画《红楼梦》的还是刘旦宅。

霍克斯先生有时候也隐身出现。他的贤婿闵福德，就是从前与他合作、译出《红楼梦》后四十回的青年，现在是香港公开大学教授，近年来致力于翻译金庸的小说，报纸上后来说《鹿鼎记》的第一章其实是霍克斯所译，只是他不肯署名。他说，闲着没事就“帮个小忙”，不署名是因为“不足挂齿”。

还是有记者探访到他了。他住在牛津。电话打到他家里，他的声音听起来很犹豫。

“我都是老爷爷了，能给你谈什么呢？”

他似乎对翻译《红楼梦》的话题没有特别的兴趣。他说译著已出版多年，自己上了年纪，差不多与世隔绝，没有什么好说的。又说最近身体不大好，第二天还要去看医生。

“那么我今天下午就从伦敦赶到牛津怎样？”记者说。

迟疑一下，他说：“那当然好了。”

霏霏烟雨中那位记者找到了霍克斯先生的家。年届八旬的霍克斯老人正在读一本中国小说。他说自己不研究当代中国小说，但手头上这本写得还可以，“有乔伊斯的风格”。

“金庸的书呢？在你心目中，金庸是否跟曹雪芹平等？”有幸见到霍克斯先生的记者问了这么个问题。

我且看老先生怎样回答。“你说呢？”他答道。

2006 年 11 月 21 日—28 日

一星如月看多时

贺友直先生住在上海。一套一居室的老房子，“一室四厅感觉大”：客来作客厅，吃饭当饭厅，睡觉成卧室，画画当画室。他还在画画。“我现在画画就是为了糊口，假使没有人叫我画画，我就心慌了。我感谢我的身体，八十几了还可以画。”

贺友直是中国连环画史上里程碑式的人物，藏品市场上最炙手可热的小人书就是他的《山乡巨变》。流落散失到书画市场上的贺友直作品原稿，标价至少1000元一张。老爷子一点不含糊，把自己珍藏多年的原稿、草稿、速写、教案、论文、获奖证书、奖品，统统捐给上海美术馆了。“留下来麻烦得很。”他说。

贺友直只有小学文凭，美术是他自学的。他在中央美院当客座教授的时候，讲课万人空巷，窗户上爬满了听课的人，教授和美协官员都混迹其中。贺是个奇人，就因为他去了，中央美院才有了个“连环画系”。法国的昂古莱姆是一个连环画中心，贺友直被请去当荣誉市民，讲课，他一句外国话不会，就凭借他的连环画示意图周旋并凯旋。他的脚印，被制成地砖，铺在了昂古莱姆广场上。

从解放后到他退休，贺友直一直在上海人民美术出版社工作。上世纪五六十年代的上美社云集了沪上所有的连环画大家，最多时有108位，就是所谓的“一百单八将”。108个人分散在几个房间里，小间四五人，大间十数人，统一进行作坊式生产。如此闭门造车，产品却包罗万象，帝王将相、才子佳人、神仙鬼怪、飞禽走兽、革命领袖、战斗英雄、工农兵学、阶级敌人……集体反映出一个时代、一个民族的世界观。所有这些东西，生产者们未必都见过，怎样画出来的？有时候是去现场观摩，有时候，我猜想就像写小说一样本来没有，越画越有，无中生有，乾坤自有。想他们的工作多么有意思，画了一天，下班了，彼此交换着欣赏成果，哈哈大笑。

贺友直的连环画遍地都是的时候，我还小，看不懂他。他笔下的人物形象，即他的“贺家班”，不是一个几岁孩子眼里的好看模样。要等长大了才能看出他的笔有多老辣：他是块老姜。鲁迅的《白光》里的描写：“亮对着陈士成注下寒冷的光波来”，怎么画？他画了陈士成窄窄直直的一个形体，背微拱、身微扭，静中有动，缩颈低头，似靠非靠地扶着树干，前面一排破屋断墙，四周一抹冷调子的青色——陈士成孤零零地矗在那里。他画《小二黑结婚》，巧妙利用左右对开的两幅连环画版面，左面一幅“说”故事的主题，右面一幅则是主题内容的补充和衬托，形成或呼应、或影射、或反讽的效果，这是他从川剧的后台帮腔得到的启发。他若不说破，你可想不到，更是想不出。我看他画的《朝阳沟》，那些乡村人物笑嘻嘻的淳朴的脸，朴实憨拙的动作，他们的魂儿好似给捉了来，在纸上现形——这是贺友直的法力。对照刘继卣的同题作品，我觉得贺版《朝阳沟》人物更来神儿，构图也出奇，刘继卣的风格是扎实和拙朴多一些，贺友直则多一些俏皮佻侻。

贺友直说他受刘继卣、顾炳鑫、赵宏本的影响最大，其实这几位连环画家跟他的年纪差不多。“南顾北刘”，就是指刘顾二位；“红云一笑，梅花三达”，这句漂亮词儿说的是解放前连环画界“四大名旦”（赵宏本、沈曼云、钱笑呆、陈光镒）和“四小名旦”（赵三岛、毕如花、颜梅华、徐宏达），赵宏本排第一。赵宏本老是跟钱笑呆在一块儿，他俩的传世之作是《孙悟空三打白骨精》。还有两位比他们更老一辈的老头儿也总在一块儿：张令涛、胡若佛。他俩也位列上美社的“一百单八将”中，代表作品有《杨家将》——谁没看过一套五册的《杨家将》？画中人物须眉皆动，形神兼备，线条老练圆熟，却无一丝匠气。他二人的合作，是定好构图后，由张令涛起草人物造型，胡若佛进行勾线。张令涛自负，他作的底稿只有胡给他勾，因胡的勾线功夫在当时的上美社无人能敌。胡还擅长画仕女，从解放前就在画，“从清晨鸟叫画到深夜鬼叫”（董桥语），恨自己不当一名饿不死的医生，故坚决不让子女再干这行。董桥就是董桥，他的文章不署名也看得出是他写的：“前几年香港 Christie’s 拍卖胡也佛（即若佛）的八开《金瓶梅》册页卖了二十几万港币，我前不久弄到一小幅他的《金瓶梅》工笔春宫，也精致得惊人。……我猜想抗战时期他也画了许多卖钱的春画，充份发挥他那一手‘铁线游丝’的独家工笔绝活。”

张令涛、胡若佛、赵宏本、刘继卣、顾炳鑫，这些可爱的老头儿们都不在了。贺友直先生退休了。他退休了，连环画也开始滑坡，1985年是个断层崖，其后，繁盛了几十年的连环画陡然地就衰落了。

“连环画这么好的一个艺术门类，到了现在快被淘汰的地步，我觉得悲哀、不理解、不服气，但也没有办法啊，没有人来找我画画了！”

天生一个贺友直，就是要他画连环画的：他只会画故事。没有个故事，他就不能画。他八十岁的时候和陈村对谈，谈到连环画的湮灭，原因之一是没有适合的题材了。老故事，都画完了;新故事，不适合画。不完全是因为动漫与港剧在上世纪八十年代中期大量涌入，把连环画挤掉了。那么问题在这里：为什么新的故事就不适合画?

中国的传统小说、故事全部适合画成连环画。《水浒传》《红楼梦》《三国演义》《西游记》，还有《聊斋志异》，一向是连环画的最好题材。

现代的小说也适合画，鲁迅的《白光》《孔乙己》、老舍的《月牙儿》、郁达夫的《春风沉醉的晚上》，都有相应的连环画精品相得益彰。八十年代初的中短篇小说，获过奖的那些，几乎都在《连环画报》上发表过绘图版：谌容的《人到中年》、路遥的《人生》、张承志的《黑骏马》、古华的《爬满青藤的木屋》、邓友梅的《那五》、汪曾祺的《受戒》《大淖纪事》、梁晓声的《这是一片神奇的土地》，还有何士光的《乡场上》《种包谷的老人》、陈建功的《丹凤眼》《飘逝的花头巾》、航鹰的《明姑娘》……那个时期的小说有轰动效应，绘成图画的形式更加有人看，《连环画报》当年有一百多万的发行量呢。现在的文学期刊，发行量少则几千份，多也只几万份，能在上面发表小说本属不易，要是再反过来想想，其实还没多少人看，是不是挺让人伤心的呢？

设想一下把如今的小说变成连环画。贺友直说：“也许我可以去画王安忆、王小鹰的小说……”把这两位上海女作家的小说改编成连环画，还真的可行，不仅是她们的小说地点也在上海，就是贺友直的画眼中“申江风情”的一部分。她们的小说具体可观，本身的文字也有白描感觉。王小鹰的《丹青引》，我想到它就有一种秋来风凉、枯叶寒竹的孤清滋味，同时它又有一种温絮的吸引力，丝丝蔓蔓，不绝如缕。王小鹰学的中国画是写意一路，文字却十分工笔，这部小说的草稿写了六十多万字，誊抄时删成三十多万字，她是舍得工夫的。王安忆的《长恨歌》当然更可以画出来，但在此之前人们会先想到电影。《长恨歌》的语言，有些已经镜头感十足了，不消转换就像是电影的片断，像这段写摄影师程先生的："他从来没有过意中人，他的意中人是在水银灯下的镜头里，都是倒置的。他的意中人还在暗房的显影液中，罩着红光，出水芙蓉样地浮上来，是纸做的。"依样将它拍成胶片就是好电影，我想哪个编剧都不会改动这一段——基础这么好的原作啊！有人在讨论小说的"画面感"的有无，我有点奇怪：难道这不是小说该有的元素吗？拿这个来讨论，说明太多的小说不具备画面感，在艺术上没达到及格线。画画讲究构图，写小说当然也该有类似章法，一团漆黑画不出个名堂的，估计也不是什么好小说，别说是因为某人的小说抽象，高段，没办法翻译成连环画。

用绘画来检验小说，说不定真是个方法，尤其连环画这种平民形式，画的好坏高低，一目了然，不像小说能蒙人，你说他不好他就说你不懂。当然小说家们不太可能瞧得起连环画，他们宁可以电影为目标，就像前些年，许多人都想中张艺谋的标，纷纷往他爱好的题材上去写。老谋子在若干年里自费订阅文学期刊，为的是能发掘出个好本子。《秋菊打官司》成了功，《英雄》可是失了败，慢慢磨尖了眼光的观众比他看得还清楚：你这故事本身就撑不住！再美的九寨沟、再美的张曼玉也帮不了忙，画面感看来也不是唯一决定元素，尽管它正是张艺谋一贯擅长的。

唯美而空洞，肯定画不成连环画，不唯美而空洞更不成，而这正是时下很多小说的共同特征：文字差、情节劣、无思考、无境界。小说虽说已经进化到了高级阶段，没有人甘心像插秧一样规规矩矩地种植故事，但如果一些基本的条件不具备：泥土、种子、肥料、水、空气，以及弯腰的劳动，那么天降甘霖也是妄想。一位小说家随口说的话暴露了她的小说是怎么写出来的："我的电脑里那些东拉西扯总也收不了尾的小说……"这样的小说，很难让人有耐心奉陪。贺友直先生的连环画是怎么画的，一幅画画好了，搁在抽屉里，第二天上班拉开就看看，不好就撕了重画。他认为不好的也绝不会差，可是他随手就撕了。什么样的小说脚本才对得起他？

周立波的《山乡巨变》现在少有人提了，因为它是写合作化的。谈周立波，一般提他的代表作《暴风骤雨》。《山乡巨变》的历史使命好像更是为了成就贺友直的连环画，看着呼之欲出的图画，我忍不住想看原著，究竟是怎样的故事？周立波是那种没有艺术家姿态的作家，眼睛近视，笑容朴实，视创作为本职工作，肯去农村"深入生活"。他在先，为写《山乡巨变》回他的家乡益阳待三年时间；贺友直在后，为画《山乡巨变》也去益阳待了三年时间——挑着担子去的，前几年他画了自己当年挑着行李画板去益阳农村的情景，作为限量发行的珍藏版《山乡巨变》的扉页。多么好，八十岁的贺老先生，仍然记得四十岁时自己的样子，他的画笔，把一切影像都珍存了，包括他其实看不见的他自己。

贺友直绘《山乡巨变》，1961年初版，原价8角一本，4本装，1999年在武汉的一次拍卖会上卖到4900元，比原价翻了千倍，创下了连环画拍卖的最高纪录。

“拍卖的价钿，跟我浑身勿搭界！”

贺友直先生现在住在上海。一套一居室的老房子，没有卫生间。

2007年10月19日—23日

美丽总是愁人的

上篇 阿睹何物乎

他的画，是让人过目不忘的，即使我当年还小，不懂得欣赏；即使他甘冒大忌，于成名之后换一个名字——他叫卢延光，又叫卢禺光，但他不署名都没关系，那画一看就是他的，无须署名。

我小的时候，他也只三十多岁。他的线条，刚柔并济，人物造型高古典丽。但有些东西，是我小时候不太喜欢的，比如布局于他画面中的一些装饰性图案。我的小，是指十岁上下，心思单一，理解有限，不希望反映故事的画面中插入驳杂，我把它们视作干扰。他得等着我，等我长大，他依然在那里，而我豁然洞见，哑然惊艳。

早年的图画都散失了，我买回了一本《长生殿》。翻开第一页就可见，卢延光有多出众。“唐玄宗李隆基即位后，励精图治，史称‘开元盛世’。到天宝年间，他以为天下太平了，便纵情声色，日见昏庸。加上穷兵黩武，民不聊生，祸乱已萌于无形。”三句话，一幅图，卢延光把一幅分解为三幅：中间的大块，是唐玄宗在歌舞升平的场面；其上的窄横幅，是装饰画风格的兵骑图；其下的窄横幅，是孤苦无告的乡民在匍匐拜日，祈求上苍，有民间舞蹈的效果。而“她跪在丹墀，莺声燕语；李隆基心花怒放，如醉如痴”，卢延光画成了两扇屏风，拼在一起：他在左上方，盘坐在圈椅中俯身；她在右下方拜伏，取一个婉转的姿势；余下的右上左下两块，他分别画了一枚圆形图章来补白：一龙，一凤。小小连环图，怎堪得如此考究、典雅！当年的卢延光若是志在连环图，那么他毫无疑问是此中翘楚；若他另有大志，那么我联想到海涅的话：“一个天才的笔往往超过他暂时的目标以外。”

洪升的《长生殿》，“情感浓烈，想象丰富，情节动人，词采绮丽”，他的笔配得上那唐代的皇宫里，聚敛了一切最高华的物象来表达的，又不乏真情的爱情:李白的诗、李龟年的曲、仙宫一样的亭台楼阁、快马加鞭从海南运到长安的荔枝。再用一支什么样的笔来把它绘成画?不能是凡品，还记得王扶林的《红楼梦》么，拍得如此难能可贵的精致，面世时还有人讥刺说是“郊区版的《红楼梦》”哩。站着说话不干事的人尽管逞弄轻薄口舌，可是其间确有一个道理在:无论怎样的具象，比起想象来总要差了几分，没差到农村去也还在郊区里。可是，卢延光的《长生殿》何止不在郊区，它也不在城市，它在云端！云想衣裳花想容，他明白，具体的美，再美也是有限的，因为突不破你感官的感受程度；唯有将它抽象化它才能升华，升至与你的想象齐平的高度。

我一幅幅地看卢延光，看他如何在方寸之地安排格局，表现抽象，体现高段。他曾经一度，受成语“画龙点睛”的启发，尝试画人物不画眼珠，将它虚掉。眼珠，阿睹物也，我们的眼睛所看到的世界，是具象的，合乎空间逻辑的，为了这个空间逻辑，有关联的事物就得分离，你得先看此，再看彼，然后在头脑中把它们联系起来。但卢延光把它们合成，把有关联的事物摆成一个最美丽的组合。看这幅：“安禄山十分骁勇，一箭又射中了一只野鹿。众将士齐声呐喊，山鸣谷应。”安禄山，骑白马，马未必真是白马，只是不着色，纯粹线描而已，他张弓的姿势犹在，而箭已射出，他的斗篷飞扬于后。在他这一骑的下方，是一只中箭的鹿，仰身欲倒，鹿是黑色，世上当然没有黑色的鹿，这黑与白的对比，只是为了凸显空间关系，二者交叠形成的综合印象。画的下沿，是排列成一队的将士，手拉手，向上举起，组成一道花边，是这幅画的裙摆。多么高妙啊——你的眼睛看到的是物质的真相，他画出来的是美的真相。

这个男人，我不知道他的内心美到何种程度。他画的杨玉环，娇怯不胜地靠在他造出来的牡丹花丛上。牡丹有那么高吗？牡丹靠得住吗？虚虚实实，他让画面成立。神仙妃子似的丽人高高在上，底下，比例小得多的唐玄宗坐着步辇，宫女们抬着他上朝。见了她，他变得很低很低，低到尘埃里……从尘埃里开出花来。

杨贵妃与李隆基，金枝玉叶的日子里，每天干些什么。“承欢侍宴无闲暇，春从春游夜专夜。”杨玉环的才华，就是做女人，她懂得怎样把女人做到极致。她谱曲，《霓裳羽衣》；她制翠盘，翩跹舞于其上。大乱来临时，她伴随左右，在哗变的危机中，虽然怕得瑟瑟颤抖，但见无路求生，便主动请死：“但愿陛下平安至蜀，妾虽死犹生。”她这才叫虽死犹生，她这样去死，足以让李隆基终生追思。她吓得瘫坐在地，卢延光的惜玉怜香的笔，安排了两个侍女一前一后抱紧她一同跌坐下去，她俩陪她一同落泪、心碎。

卢延光说，他一直非常欣赏梁启超先生所说的“美丽人格”，人的品格应当优美。他的画就在印证他的话，还有他的画上时而题写的蝇头小楷，如：“天地有正气……”

2008 年 7 月 27 日—28 日

下篇 美丽总是愁人的

我们打车前往卢师家的时分，雨下起来。那是 2013 年 7 月 1 日上午的广州，车向郊外开去，抵达一处山丘环拥之地。山上是层层叠叠的树，雨停了。阵雨在路途中像一道轻倩的装饰。

他背着手站在那里，微笑——走出电梯一回头我看见。他极瘦高，眼眸清澈，很有神采。卢延光。一个我小时候经常看见的名字，穿过一重重时光的门，一重重虚与实、幻与真的影像，奇异地重叠、定格。不可思议，又合情合理。

我毫不怀疑，他就是那个画中的男子，因为他与他的画非常相像。他画的人像，无论男女都骨格清奇、神情傲然，他的“帝女仙佛儒”五百图，那些超逸高标的人物，或许内中都有他自身作为观照的基准。他的脸有如他的笔画出来的线条。对他外貌的描绘，他的友人谢春彦说得极当：

“……那样的瘦骨嶙峋，那样的气清神秀，那样的萧然飘举却又肃穆安然，大有‘短发萧疏襟袖冷，稳泛沧溟空阔’之概，活脱脱地似从古书卷中逸来眼前……”

当然是这样。他多年都与他的画中人活在一起，彼此濡染。

卢延光的百图系列，从 1982 年开始酝酿，历时十年完工，卓有影响，而以率先面世的《百帝图》为最。《百帝图》之后，他再作《百女图》，我查阅连环画《长生殿》的出版时间是 1985 年，恰是完成百帝转向百女的时期。在题材上，《长生殿》又与此高度相关，其中的主要人物李隆基、杨玉环也分别在百帝、百女图中出场，从而这本连环画仿佛是他百图创作中的一个横断面。横看成岭侧成峰，这二者的画风并不同；而转换一个角度，在百女图中出现的杨玉环，又是《长生殿》

故事的一个切面。

“杨贵妃”一幅，在百女图中突出地富丽堂皇。她盛妆华服，鲜花簇拥，身姿慵懒而安然。一只鸟停在她的手掌，仿佛絮絮地对她说她听不懂的话语。——美人啊，你可知：“妙乐与酒与玫瑰，不久住人间？”天长地久有时尽，悲剧已离此不远，但此时，画她唯有此时。这是她一生中最华丽的时段，三千宠爱在一身，丰腴、饱满，就像她发髻上那朵牡丹，绽放到极致了。就画此时，画出她的优裕、从容，成熟的身姿与神态。与此对照，百帝图中的李隆基却是一脸惊恐之色，足下的马嵬坡界碑，表明这是他一生中最狼狈的时候，在他此后的余生中不断闪回，他再未走出这场噩梦。说起来，唐玄宗也算英主，开元盛世不可不谓奇伟功业，而人们对他认识最深的，还是他与杨玉环的爱情悲剧。

《长生殿》工整秀媚，铁线游丝描叙事流畅。“杨贵妃”浓墨重彩，装饰意味强烈。卢延光绘《百帝图》，格局与气度都不小，冀图以帝王们的画像来表现中华民族五千年的历史线索；绘《百女图》，也希图将这些女子的身世命运作为历史的折光，让二者形成一种对称。然而，这对称是不完全的，就我看，天平是向着《百帝图》这一边大大地倾斜。有方家论述，甚为精到：“克罗齐认为，美学的问题既不是内容也不是形式，而是内容与形式之间的关系。也许是不自觉地，百帝图系列呈现着这个关系，百女图则偏倚了形式一边……而它们的美感掩盖了一切。”其后，还有飞扬活泼的《百仙图》、静穆缥缈的《百佛图》和大有变法之意的《百儒图》陆续面世，这五百图终究还是抵达了对称与均衡。

欣赏《百女图》，就是欣赏美。主角都是些闭月羞花、肝胆照人的女子们，以美名以事功留于青史，一笑万古春，一啼万古愁。谈到她们，卢延光会引用日本作家厨村白川的话：“美丽总是愁人的。”蔡文姬的忧愁在她的琴音中。画面上是她侧对着我们的背影，她低头托着她的琴，画面中部，若干条直线——抽象的线，中国的线，0.2号针笔画出来的属于卢氏的线，直刺向她的胸怀。线是装饰，也表意，表万箭穿心之意，而不言。就艺术家的人生而言，这也是真理——你所有的伤痛，都将沉淀，再升华为你的装饰。

一个画家要画这些女子，在外形上，仿如保尔·艾吕亚的诗句，“她有我的手掌的形状 / 她有我的眸子的颜色”；在情怀上，则须有卞之琳的名篇《鱼化石》那般的深情：

我要有你的怀抱的形状，

我往往溶化于水的线条。

你真像镜子一样的爱我呢，

你我都远了乃有了鱼化石。

欣赏过《百女图》的婉转清丽，可回头再欣赏《百帝图》：那叫作逸兴遄飞、飞扬跋扈，风骨十分硬朗。自古都有宫廷画师为帝王造像，而杰出者寥。如阎立本，他画的帝王形象各异，无一不带有天子非凡的威严。这是气度与气魄的问题，画帝王，便要与帝王有一样的襟怀，否则便流于媚气。我以为《百帝图》是卢延光的巅峰之作，他们展现出他对历史与艺术的理解与雄心，雄姿英发，是他内心的投影。

2014年7月22日—24日

胡笳本自胡中出

她叫蔡琰，又叫文姬，世人皆称之蔡文姬，大概这个名字比较高调，符合她的经历和身份：乱世中的大才女。其实“琰”字要好一些，文雅而不露声色，像静态的仕女写意：“王”字旁是披风，“炎”字是舒卷的袍襟——她站立着，不露声色，身后风沙不掩其高华。

那部电视剧当然还是用了“文姬”的名字：《曹操与蔡文姬》。曹操的扮演者濮存昕说，曹操不远万里，用金银财宝加上大兵压境把蔡文姬从匈奴人手中夺回，他为什么这么努力地做这件事情？这两个人之间应该是有爱存在的，不仅仅是曹操念及与蔡邕的故交，或是为了续汉书那么简单。——加一个爱字就成了故事，史书上的简约记载，风和影都开始意味深长。这部剧的构思称得上个巧字，利用一种爱的可能去刻画同一时代的两个俊彦人物，碰撞产生的美，以及终究的不和谐而分道扬镳。但不知为何剧情介绍写得很糟：“男人通过征服世界而征服女人，女人通过征服男人而征服世界。”俗气扑鼻，都走了味了。

其实剧中女主角选得不错，剧雪气质沉静，美而不炫，这样子的蔡文姬是令人信服的。蔡文姬哪会有什么“征服男人”的雄心？她又不是貂婵，狐媚地滚在王允怀里问“‘貂婵’是什么意思”，王允答曰“狐狸精”。即使是“世界”，蔡文姬也无意去“征服”，她写《胡笳十八拍》的初衷只为表达怨愤，结果感动了世界。——不过，我愿意曹操爱她，和不和谐姑且不论，曹操的品位配得上爱她。蔡文姬出场，明艳端方，光彩照人，濮存昕的曹操在她父亲面前对她的赞美也颇有水平：“见到文姬，就知道蔡邕先生的内心之美会在人间幻化成怎样的形象。”

我愿意他爱她，愿意她被爱，可是对于剧中围绕着她的太多的爱，我又无法相信。

“曹操不避艰辛护送蔡氏父女回京，面对真挚的表白，文姬开始重新审视眼前的这个男人。”“董祀虽知文姬已心属曹操，但仍决心用一生的爱去陪伴文姬。”“流浪中的文姬被掳到匈奴，左贤王的出现给文姬的生命带来了一段光明的日子，远在异族他乡，他那宽容的胸膛成为疲惫的文姬唯一可以依靠的地方。”“文姬深明大义，赢得了族人的爱戴。”——如果真是这样，文姬尽管命运多舛却备受宠爱，时时处处处于一个饱含爱意、消解悲愤的小环境中，那么摧肝裂胆、滴血绞肠般的《胡笳十八拍》她又从何写出来？

曹操会爱女人，但绝不会作“真挚的表白”。他一生对谁表白过？

他的心只有天知道，“对酒当歌，人生几何？”这是他的大气豪迈处，他是做而不说的。他爱女人可能不避艰辛却不可能全力以赴，他应该是爱得声色不动、举重若轻、志在必得。再说董祀，史书上说他不敢拂丞相的授意与蔡文姬成婚，起初心里是不甘愿的。蔡文姬十六岁时嫁过一次，丈夫不到一年就死了，婆家嫌她“克夫”；后流落南匈奴十二年，生了两个孩子，回来时已经三十五岁，且饱经离乱神思恍惚，董祀心里不愿意也是自然的。这些电视剧里都改掉了，董祀成了文姬青梅竹马的恋人，爱她一生不渝。这么改，意图增添文姬的光彩和尊严，可是情感上缺乏了层次，反不如真实的情形来得生动——才高比世的美好女子竟被如此弃嫌，令人不平而又无奈；而董祀最终被她感动，夫妇恩爱到老，终于还是让人宽慰了。

而左贤王爱文姬，我却是相信的。他纳她这个被掳获的异族女子为王妃这一事实就是明证：他爱她。只是我不知道在当时的条件下，文姬面对这爱如何自处。

《胡笳十八拍》的内容有二：一是倾诉身在胡地对故乡的思念，二是抒发惜别稚子的隐痛和悲怨。至于和左贤王的情感，她没有提。她没有办法提。她写道：“日居月诸兮在戎垒，胡人宠我兮有二子。鞠之育之兮不羞耻，愍之念之兮生长边鄙。”——对养育与胡人生的孩子这件事不感到羞耻，暗含的意思即是说和胡人生孩子这件事恰恰是令她感到羞耻的。胡人是异族，“边荒与华异，人俗少义理”，“人多暴猛兮如虺蛇，控弦被甲兮为骄奢”，与他们成婚生子，在她心中成为一个人格国格双重“失节”的疙瘩，不能去想，羞于去想。古代女子鲜有受教育的机会，而她是大学者蔡邕的女儿，家中几千卷藏书烂熟于心，“博学有才辨，又妙于音律”；偏偏是有如此教养的她被掳掠到蛮荒异族中一去十二年，如此天大折辱她怎么受？她写：“毡裘为裳兮骨肉震惊，羯膻为味兮枉遏我情。”——且不说她的灵魂，就是她的身体，她的骨肉她的皮肤都为披在身上的动物皮毛感到震惊啊！茹毛饮血的腥膻气味，把她的兰心蕙质遏止驱赶到什么地方去了啊！这些蛮人以强力掳掠，把她献给他们的首领为妻，对此奇耻大辱她只会感到愤恨。这个首领爱她，她即使知道也是不领情的，我以同性的心理揣想，女人被一个她不爱的男人爱，真是痛苦而不是幸福啊；何况他的爱还带有强横的意味，那更是侮辱了。她对他没有话。彼此连语言都不共同，她心里装着的故国、诗书与音律，跟他从何谈起？跟他不能谈，跟别人也不能谈他，只能谈孩子——身为女人失了节，身为母亲总是无辜。

程砚秋先生的《文姬归汉》唱词里带过一笔她对他的想法：“伤心竟把胡人嫁，忍耻偷生计已差。”很对，忍耻偷生，她的确是这样想的，但这想法很单纯。去年的一天傍晚，我走在路上，有人把电视机放在露天街角里看戏曲，屏幕上那女子不知是不是李世济扮的文姬，听她唱："错把恩爱当恶辱……"这一句唱词写得真好，对文姬的心理有了深层的探究，令人感慨——一直，都认定他是其心必异的蛮人，恶感支配了自己，十二年同床异梦，魂不守舍。谁知故国有人来迎他竟肯放自己走，他，是知道自己心思的，自己却从不曾知道他的心，原来竟像这眼前的大漠一般辽阔……在诀别的关头才蓦然惊觉：原来他是一直疼爱着自己的亲人！十二年，错过了，他给予的恩爱自己始终当作耻辱在咀嚼，这是怎样的无缘。知道时已经太晚，他不再能给她作丈夫。

美国华裔女作家汤亭亭的小说《女勇士》，结尾笔锋陡转，飞向遥远年代的蔡琰。写作《女勇士》的时候，汤亭亭还没到过中国，她笔下时光深处身陷大漠的女子更是出自她的想象。她这一段，我读后非常感动：

野蛮的匈奴人是原始部落。在河畔扎营的时候，他们割些不能吃的苇子，拿到太阳底下晒干。他们把苇子拴在旗杆上、马鬃马尾上晾干。然后他们在苇子上割出些坡面和洞眼，插上羽毛和长长的箭杆，制成响箭。战斗中，箭便发出长而尖细的哨音，一旦击中目标，哨音戛然而止。即使这些蛮人没有射中目标，满天死亡的啸叫也足以使敌人丧胆。蔡琰原以为这是他们唯一的音乐。可是一天夜里，她听到了乐曲声，像沙漠里的风一样忽高忽低。她走出帐篷，见数以百计的蛮人坐在沙漠上，沙漠在皎洁的月光下一片金黄。他们的肘是抬起来的，正在吹笛子。他们一次又一次地滑动手指，想吹奏出一个高音。他们终于成功了，笛声就停留在这个高音上——仿佛沙漠里的冰柱。这乐曲搅动了蔡琰的心绪，那尖细凌厉的声音使她感到痛苦。蔡琰被搅得心神不宁。夜复一夜，她在帐篷外散步，不论走出多少个沙丘，那些乐曲在整个沙漠上空回荡。她躲进帐篷，曲声萦绕于耳，使她不能入睡。终于，从与其他帐篷分开的蔡琰的帐篷里，蛮人们听到了女人的歌声，似乎是唱给孩子们听的，那么清脆，那么高亢，恰与笛声相和。蔡琰唱的是中国和在中国的亲人。她的歌词似乎是汉语的，可蛮人们听得出里面的伤感和怨愤。有时他们觉得歌里有几句匈奴词句，唱的是他们永远漂泊不定的生活。她的孩子们没有笑，当她离开帐篷坐到围满蛮人的篝火旁的时候，她的孩子也随她唱了起来。

介绍器乐的文章说，匈奴人的乐器，以管乐和打击乐为主，最富特色的几件乐器是胡笳、角和鼓。蔡文姬的琴歌《胡笳十八拍》是根据匈奴人原有的“思慕文姬”之音加以创作的，是匈汉音乐交流的千古名曲。粗犷的匈奴人“思慕文姬”，是多少感受到这异族女子的细致与美妙了吧；而蔡文姬言“胡笳本自胡中出”，也表明她在与他们共同生活的十多年里逐步发现了悍武的蛮人也有细腻的灵魂和深厚的情感。满腹诗书与音乐的大才女，被命运掠到蛮荒之地过了多年颠沛的生活，尽管痛苦，却也是一种丰富独特的人生。然而，过程是漫长的。在她终于要离开，终于理解了胡人丈夫的爱与恩情之前的漫长时光里，她一直是孤独的。我想象大漠深宵旷野中的蔡琰，四周响起羌笛野曲，搅动她刻骨的悲愁——她的身影，唯有孤清。黄沙万丈上，猎猎长风里，她端凝的身姿与飘荡的长发都是孤清。回家的路已被风卷走，留下她一个人在那里，在金沙深埋的时间里。

换一个人，就没有《胡笳十八拍》给我们读了。隔了千百年，我们的爱，抵达不到蔡琰的身旁。

2003 年 5 月 30—6 月 1 日

异域绽放的木兰花

美国华裔女作家汤亭亭回中国访问时，都不认识人们打出的欢迎横幅上她的名字：Tang Tingting。她的祖籍是广东新会县，“汤”在广东话里的发音很奇怪地是“Hong”，所以她的英文名叫 Maxine Hong Kingston，这个名字，汤亭亭的中国读者也不一定认得出来。不过，横幅既是英文，就应该写她的英文名，而不是中文名的音译。

说起 Maxine Hong Kingston，她在美国绝非等闲，她的大名可说是如雷贯耳。她三十多年前的成名作《女勇士》(*The Woman Warrior*, 1976)获得国家图书批评界最佳非小说奖，《中国佬》(*China Men*，1980)获国家图书奖，《孙行者》(*Tripmaster Monkey: His Fake Book*，1989)入选美国重要文学选集《诺顿美国文学》的第五版，她还获得了克林顿总统颁发的“国家人文勋章”。1998 年，迪斯尼公司拍摄动画巨片《花木兰》，里面那个穿着中国古代衣裳，然而性格与动作都很美国的女孩叫 Fa Mulan，之所以是“Fa”而不是“Hua”，因为汤亭亭就是这么写的：Fa Mu Lan。美国人知道花木兰是来自汤亭亭的《女勇士》，而不是从“唧唧复唧唧……”

“我接下来要对你讲的话，你不能告诉任何人……”这是《女勇士》的开篇语，它曾一度成为美国大学生中的流行语，这种“普惠人心”的程度，或许会让国内的读者感到不可理解。《女勇士》在国内出过中译本，仅有一种版本和一个印次，并未达到畅销的地步，它的出版主要是应用于研究领域。所以，汤亭亭不多的几次在中国露面，都引起众人的好奇：她年过六旬，一头银白似雪的长发飘散不羁，皮肤薄而亮，语音低而缓，笑靥如花，像个玻璃人儿。没读过她的书，也没读过多少别的书的人，很容易由她而想到梅超风或天山童姥之类的人物，这联想倒也合乎汤亭亭的“侠气”与神秘感。汤亭亭的书很神秘。她的书中有那么多的中国故事与典故：花木兰、蔡文姬、岳飞、关公、孔子；儒道佛教、易经八卦，气功武术、招魂祭祖，裹足绞脸、听书看戏，吃活猴脑、饮乌龟汤……即便是中国读者来看，也够眼花缭乱。其实，汤亭亭的中文程度有限，她阅读过的《三国演义》《水浒传》《西游记》都是英译本，或是看的香港电影，或是幼年里听她母亲用广东话讲述。在《中国佬》中，她甚至把李白和高力士——而不是李白和杜甫——弄混，所以她讲的那些中国故事，远大于她对真实中国的认知。有观点认为，汤亭亭“对‘中国传统文化符码’的无节制的使用，反映了作者本人对中国文化有限而混乱，甚至片面的了解和认识。……作者试图在书中把延续数千年之久的中国文化做共时性的呈现，割裂了外在符号与内在精神的联系，她笔下的中国文化只能是一大堆凝固的，非真实的图码”。

这些批评，不无道理，合乎学术的理性和严谨，而面对批评，汤亭亭气定神闲。她说，她的混淆是有意的混淆——花木兰与岳飞，奇境中的爱丽丝与佛经中的菩萨——她运用了移植与合并的手法：“我感到我必须这样做。”不管你认同与否，汤亭亭至少做出了两大贡献：一、在美国普及了中国经典作品；二、纠正了美国社会对“中国佬”的偏见。不管你服气与否，美国文学界已把汤亭亭的作品作为当代美国文学、女性研究、族裔研究、人类学等课程的必读教材，为了满足各大学的教学需求还专门出版了《汤亭亭〈女勇士〉教学指南》一书，开列的参考资料长达数页，包括专著、论文、访谈、电影、音像制品及汤亭亭作品研究的学术史资料。不过，这些也都可以不管，你要形成自己的看法，最好是去读《女勇士》，看她究竟写得如何。

她写得很棒！我认为。《女勇士》的第二章，写那个失意的小姑娘幻想自己变成了花木兰，它是全书的最华章。女孩在梦中，跟随一只鸟，进入群山，登上了树木清新、云雾缭绕的一座山峰，在那里，她跟着一对老人习武学道——

“欲知苍龙，必以局部认识推演整体。”师父时常这样说。龙不同于虎，龙体庞大，不能尽收眼底。不过我倒是可以到峰峦中间去摸索，山峰就是龙的头顶。

在山坡上攀缘的时候，我会意识到自己只是一只伏在龙额上的跳蚤。

这条巨龙在宇宙间徜徉，她的速度与我的截然不同，所以我感觉这条巨龙沉稳踏实、纹丝不动。

从棱镜当中我看到光谱，那便是巨龙的血脉和肌质。矿石便是龙的牙齿和骨骼。

我有时可以抚摸老太太佩戴的宝石，那便是龙的骨髓。耕耘时我翻开的土壤便是龙的肌肤。我收获的庄稼和攀爬的树木是龙的绒毛。

在隆隆的雷声中我听到了龙的声音，在怒吼的狂风中我闻到了龙的气息，在翻腾的云团里我看到了龙在喘息。龙的舌头便是闪电，闪电射向世界的红光强烈而吉祥，如血，如芙蓉或玫瑰，如红宝石或鸟的红羽毛，如红鲤、樱桃或牡丹，还好像玳瑁或野鸭的眼圈。春天，当龙从冬眠中醒来，在江河的喧腾中，我看出它在翻身……

——龙。美国人对中国的认识，“龙”是一个基本意象，而认识的粗浅，就好比一件大红色唐装，中间织绣一条金龙。他们认为这衣服“中国”极了，而在我们看来，中国岂是这样简单浓烈就能概括的?中国有多少豪放、沉雄，又有多少细腻、婉约，有多少丰富的层次、曲折的渐变、明暗的色调、微妙的综合……经过五千年的积淀才终于抵达。汤亭亭其实是美国人。她是华人移民的第二代，1940 年生于美国加州，1984 年才首次访问中国，那是《女勇士》和《中国佬》都已出版并大获成功之后的事。她写的是她没见过的中国，她想象中的中国。而她这些关于“龙”的语句，血肉丰沛、神完气足，那条连我们都觉得抽象无形的中国巨龙，她触摸到了它、体悟到了它！我怎么从来没想到，“龙”是有的，就与我相依相傍，山川就是它的身躯，大地就是它的根基，风雨雷电，就是它的情绪、体息？这条龙不是匍匐不动，它延伸到了汤亭亭的想象中，它翻身、喘息、盘旋、怒吼，几乎要在宇宙中腾空而起。汤亭亭的想象力非凡。要知道，她书中所写的小姑娘的生长环境就跟她自己的童年一样，是在充满艰辛、恐惧和卑下感的 20 世纪中期的唐人街，在充满鬼怪气与贫酸气的华人家庭。她们家是开洗衣店的，那个时期的华人家庭基本上都干这一行，每天堆积如山的要洗的衣裳把空间都塞满了，她倒开辟出了一个天马行空的幻想空间。《女勇士》有个副标题：“一个生活在‘鬼’中间的女孩的童年回忆”。出洋讨生活的华人，讲白人是“白鬼”，白鬼们则叫他们“黄鬼”，你说是谁受欺压，她一个小姑娘，受的气更是两头的叠加。在家里，天天听父母和邻居挂在嘴边的话：“养女无用，不如养鹅”“女娃好比饭里蛆”；发洪水了，哪个人运气背捞上来个女仔，该丢回河里去……这些话，听来多让人气馁！她门门功课都拿A也没用。城市改建，她家的洗衣作坊被推倒了，安身立命的贫民窟被夷为平地。一个没人拿她当回事的小姑娘，怎样来表达她的愤怒与反抗，她就做着些刀呀枪的白日梦，想象自己成了个花木兰式的女勇士，在美国的大地上来回冲杀，所向披靡，夺回了她家的洗衣店……

汤亭亭确是个女斗士。她的笔就是她的武器，她的文字有掷地有声的力量，气势酣畅淋漓，又充满诗意和灵动的感觉。切实地阅读她的文字，会感到她的书在美国获得高度赞誉是有道理的，并非浪得虚名，不愧“想象力和文字运用的大师级的表演”这样的评价。美国人也不是不懂艺术哦，这本书本来是对他们表达不满的，他们却折服了。也许汤亭亭描绘的“中国”并非真实，还包含谬误，但作为文学，想象与虚构本来比真实更珍贵。汤亭亭说过一句很有意思的话：“我害怕中国根本不存在，是我一直在创造着它。”来中国访问之前，她害怕一个实在的、与梦境不同的中国，会将自己以往的想象和文字尽数摧毁，而来过之后，她收获的只有惊喜：“我想象得多么好啊！”是啊，她想象得多么好。她的作品得以诞生，就因为她生长在美国，不仅没见过真正的中国，也没见过我们都司空见惯的反映中国的作品——那些对她来说都会是常规的、束缚想象力的东西。她无所羁绊，脱离常规，她创造的文字中国才特别地奇幻莫测，像个神话了。

花木兰是一粒种子，随着第一代华人移民被带到了美国，进入了在美国出生的 ABC 女儿的心灵。幼年的女孩在睡前听母亲讲中国故事，她睡着了，在梦里各种故事就混淆了，她醒来了，故事与现实又交织了。她把一个经过了移植、变形的花木兰故事写了出来，让美国人看得入了迷。美国人果然当真了，他们用最高端的影像机器让一个由他们再创造的 Mulan 姑娘在银幕上活了起来……

迪斯尼公司制作动画片《花木兰》，着实下了一番功夫。影片一开头，赫然出现的就是造型如蟠龙、巍峨耸立的万里长城，这一亮相就博得个满堂彩：这是中国！我们的中国！单于犯境，守城的兵士奋力点燃烽火，霎时，一座接一座的烽火台燃起一蓬又一蓬的火焰，长城蜿蜒万里，处处严阵以待，这场景把中国观众都看得血脉贲张。中国古代，就是这样传递边防讯息的，有敌来犯，一呼而百应，几千年来我们丝毫不敢懈怠，从不曾懈怠。边关告急，每一户百姓，都会出一名男丁应征入伍保卫国家。男人们都去了，连女孩儿家花木兰也扮作男装去了……

“万里赴戎机，关山度若飞。朔气传金柝，寒光照铁衣。”这是我们的原作、南北朝民歌《木兰诗》中的句子，描绘行伍中的艰苦；而打起仗来如何，描写缺席了，直接跳到结果：“将军百战死，壮士十年归。”语焉不详，或许这位一千多年前的民歌作者其实无法想象一个女人究竟如何去驰骋疆场，他对此甚至也是不置信的。战争结束，木兰荣归故里，她除去男装，换回女装，让她的同伴们惊诧不已。《木兰诗》的结尾是非常漂亮的四句话：“雄兔脚扑朔，雌兔眼迷离；双兔傍地走，安能辨我是雄雌？”细究起来，这个“雄兔雌兔”的比喻却是一个不公正的寓言，它似乎在说明，女性在本质上是较弱的，女性是一种应予克服的性别。花木兰成功地掩藏了她的女性身份，成为社会认可的英雄，但她的功业和荣誉，不属于那个盔甲掩藏之下的女性，而属于那个盔甲装扮起来的男性。假如她不女扮男装，就不可能去征战，而一旦女扮男装，她又丧失了以真实的身份赢取荣誉的可能。这在她所处的社会中是一个无法克服的悖论式的局面。

在动画片《花木兰》里，木兰从军的经历是影片的浓墨重彩部分，她的 adventures，也正合乎英语文学中“成长小说”的样式。在营地里，她学着男人的样子走路、讲话，试图和战友们打成一片；她和他们一起训练，操练拳脚、枪棒、登高、射箭，被锻造得强壮而坚定。战斗场面非常壮观，匈奴人的冲锋，纷至沓来的雪崩，都有全景式的逼真呈现。汉人的统领者李翔——他是木兰的意中人——得知他父亲阵亡，他在雪中插下一柄剑、一顶盔作为纪念，木兰则留下了她的布娃娃。在战争中，他俩都成长起来了。

汤亭亭在《女勇士》中写道："在中国，如果女人在军事上或学问上出人头地，无论你有多么杰出，都会被处死的。"她没有夸张，花木兰在女扮男装建功立业的同时，也确实犯有欺君之罪，所以在《木兰诗》与《女勇士》中，花木兰的男装都一直穿到了打完仗回家之后。《花木兰》就选择了这一点来进行突破：假如大家发现了木兰是个女子，会怎么样？木兰为了救李翔而受伤，她从昏迷中苏醒，躺在行军床上，长发披散，胸脯在绷带下面隆起——她的秘密被发现了。被她冒死搭救的李翔把牙咬得咯咯响，把剑高高地举到她头顶……终于还是不忍，他放下剑，将她驱逐了。此后，木兰就以女儿的面目继续她的故事。单于潜入皇宫，挟持皇帝，木兰凭着英勇和智慧击败了单于，用一支火箭似的大爆竹将单于打向天空。随之，全城鞭炮齐鸣，万众欢庆胜利。

这样一个聪明勇敢活泼奔放的木兰，意义超出了那个传统的忠孝女子，我们觉得她不太像花木兰了，但也实在太喜欢她了。连皇帝都喜欢她，示意李翔去追求："这样的女孩可不是每个朝代都能碰上的。"他向后伸伸大拇指，指着木兰的背影，十足的美国手势和口吻。《花木兰》是个美国片，全片贯穿着让人爆笑的美国幽默。行军途中，士兵们齐声高歌一曲《值得为她打仗的女孩》，形容他们各自的梦中情人。那个凶狠贪婪、不得人心的带兵官吏也得意扬扬地唱道："我家女人，她和别人不一样……"众人就在他后面接续："他的女人是他自己的亲娘。"——嗷，真的要笑死人。

"橘生淮南则为橘，生于淮北则为枳。"春秋时期的晏子说。他除了是个外交家，还是个辞令家：且看一头一尾两个"橘"的照应，以及"生淮南"和"生于淮北"的错落。有人把它说成"橘生淮南则为橘，橘生淮北则为枳"，这个句子就笨多了，没能充分领略晏子的妙。橘，又大又甜；枳，又小又酸。晏子说，好东西远离故土，必生变异。花木兰出了国，几经曲折成为 Mulan，她也够甜的！就如 Mulan 的父亲对她说的话："不一样的花，是稀少的，也是最美的……"

2012 年 11 月 15 日—22 日

妈妈，我是你的乖女儿

谭恩美（Amy Tan）的样子看上去很乖。她在美国称得上是一流大作家了，照片上的她梳个童花头，眉眼娟秀，表情羞怯，像个小姑娘。她的写作主题也很乖，母女关系是她始终如一的关注点：《喜福会》写四对华裔母女的经历与情感，此书她题献给她的母亲；《灶神之妻》写她母亲1949年来美国之前的故事；《接骨师之女》仍是探索她与年老的母亲之间问题的根源及解决之道。如此可见她的心地，她应是个纯朴善良的女子，非常孝顺，妈妈始终在她的心上。她的作品在美国大受欢迎，《喜福会》1989年出版后连续八个月占据《纽约时报》畅销书排行榜，这么看来美国人的心地也挺纯朴的。试想在中国大陆，一位女作家专写母女关系能出位？

对谭恩美的简介上说，她与她母亲的关系“difficult”，困难，但我未料到竟困难到这个地步——她在《命运的反面》里自述，她十六岁时，为了新交的男友，和母亲发生激烈争吵，母亲把她逼到墙边，举着切肉刀，刀锋压在她喉咙上足有二十分钟。最后她垮了下来，哭泣着求母亲：“我想活下去，我想活下去”，母亲才把切肉刀从她脖子上拿开。这刀，其实已经切下去了！她们娘俩的一辈子都被这刀切着，剁着，压着，磨着。谭恩美写了一本又一本关于母亲、女儿的书，都是在向母亲恳诉：妈妈，妈妈，这是我，我爱你。你为什么又不高兴，你不高兴我就很难过啊……

母女关系，是否很容易出现问题，在女儿长大之后？是的吧。我与我母亲的关系，我自认为洞若观火；我与我女儿的关系，要等她长大了才知道会出现什么问题。而到那时，我或许会充满疼痛地体会到，当年，我自以为的洞若观火，其实我仍是身在其中，看偏了……到那时，今日的为难与苦痛都已过去，我也将变成另外一个人，从另一个角度来怪罪今天的自己。其实，正因为是亲人，才会有折磨怨怼，不相干的外人当然客气得很，所谓“不是冤家不聚头”。和妈妈争吵之后，心里是不是很不松弛？一些搁在心里是真理的话，冲出口之后就变成了狠话错话，伤了妈妈，自己也百事无心。非要等到妈妈好了，又跟我说起话来了，这才好了，日子又能过了。“怨与惦念等同”，一位女友如是写，这就是做女儿的心肝。

《喜福会》我是先看的电影，再看的书。四对母女，母亲都是带着在中国的过往移居美国，女儿都是在美国出生长大，迥然相异的生活背景、大相径庭的价值观生成了彼此的隔膜怨恨，但亲情仍是血浓于水。电影很好看，尽管旧中国的部分比较生硬失真，它们是没有亲历过旧中国的谭恩美从不同来源派生出的漫画式想象，但其叙事技巧高超，衔接既顺畅又有悬念，很吸引人。影片的结尾非常感人，配合着响起的音乐，简直是催人泪下——在美国长大的吴精美，母亲去世后，她第一次回中国，去见母亲多年前失散的一对双胞胎女儿。这对女儿，在前面的倒叙中出现过，当时是战火纷飞的年月，战火纷飞在层峦叠嶂的桂林，在逃难的人潮中，她母亲推着手推车精疲力竭地前行，车里就是这一对襁褓中的女儿。她的车终于断了，倒了，她的手握不住任何东西了，她带的东西已全部扔下了，她只好把一对女儿放在树下，准备自己去死。人人自顾不暇，谁会抱走这一对婴儿？几乎没有希望她们会存活下来。……吴精美下了船，在人流中张望。她看见不远处有一对中年妇女，其中的一个，恍惚像是刚去世的妈妈，面庞酷肖，对她微笑一下，又变了，不是妈妈。这两位中年妇女约有五十岁了，并肩站着，一个手里攥着张照片，对着精美，认。

“妈妈已经过世了……”被相认的精美，对她们说的第一句话。我的眼泪就是随着这句话冲出来的，不是为了她们的妈妈过世，而是为电影的穿插剪辑营造的岁月沧桑感、无常感——岁月啊你究竟是什么？刚刚还被丢在战乱中的一对婴孩，倏然再见，鬓已斑斑。这么多我们不知道的日子都到哪里去了？

两位妇女满怀希望的神色，顿时变成了黯然。她们刚刚找到的妈妈，本想马上就要见到的，却就此再见不到了。而血缘关系，却是魂一样的存在，精美就在她们身上，看到了自己的妈妈。“我是你们的妹妹，精美。我代表了我们的妈妈……”

“妹妹！”三人哭作一团，哭了又笑了，是喜泪了。

哭的不止我一人，我看见观众的眼里都有泪光。

这是电影，谭恩美参与了编剧。在小说中，结尾也是姐妹团圆，但没有这么感人。小说的泪点稍稍前移，在相见的前一段，补叙这两个女儿是怎么被找到的，这一段在电影里没有：

> 可能后来是你妈的亡灵在冥冥之中，帮助她在上海的一个同学，偶然地碰上你两个双胞胎姐姐。那天她正在南京路第一百货商店买鞋子。那女同学说，这简直就像做梦一样，她看见一对双胞胎妇女，隐约之间，竟令她想起你的母亲。
>
> 她连忙追上她们，唤着她们的名字。起先这两个妇女还呆了一下，因为她们已改了名字了。但你母亲的同学还是一口咬定：“你们就是王春雨和王春花吧？”霎时，她俩

> 都显得十分激动，因为她们都记得那写在照片后的名字，她们不曾想到，照片上那对新婚燕尔的青年夫妇，已变成阴曹地府的鬼魂，但他们还在寻觅着自己的孩子。

失散的母子寻亲的故事，报纸上常见，司空见惯了，外人也只道是平常，难以体会他们的心情。但谭恩美写在《喜福会》里的这段，构思既巧，文字也极其动人。讲故事，真的需要技巧，需要匠心，需要情怀，需要同情。

我在看电影的时候，不能免俗地设想，四个女儿中，大概吴精美是与谭恩美本人角度较为吻合的，薇弗莱·龚身上也该有不少她的影子。吴精美一看就是个乖女儿，端丽柔顺，听话帮忙；薇弗莱则是俏丽时尚，非常能干，比较自我，会使心眼，她童年时曾是象棋明星，就因为跟妈妈怄气而荒废掉了。她们两个人，应该是谭恩美的一体两面。我查资料看到了：谭恩美的母亲在晚年时才告诉她，她在中国大陆有两个同母异父的姐姐，这个秘密深深震撼了她，她第一次回中国去找到了这两个姐姐。这是吴精美那部分。薇弗莱那部分呢？她与她母亲的冲突是最剧烈的，在她的成长过程中，在她的婚姻生活中，无论她怎么努力，都难以取悦她那个严厉、挑剔、极端难以伺候的母亲。

书上写，那天，薇弗莱经过了一夜的痛苦无眠，大清早就起床开车去她妈家，打算去兴师问罪。她妈还没起床，她进卧室一看，睡着了的妈妈，皱纹的硬线条都舒展了，那平时的威严强悍都消遁了，显得孱弱、单薄、无助。

一阵突发的恐怖淹没了我，她看上去似一个没有生命的躯体，她死了！我曾一再祈求，她别进入我的生活之中，希望她就在我的生活以外生活，现在她默从了，扔下她的躯体走了。

“妈！”我尖声叫了起来，哀哀地哭了。

她慢慢睁开双眼，眼皮一抖，她一切力量又都回来了。“什么事？呵，妹妹来了。”

我一下子哽住了。“妹妹”是我童年时的小名，已有好久，妈没叫我小名了。

这段写得多么真实精彩啊！生活经常是这样的，你的情绪，会突然受某种因素影响，拐了个弯，左右了你本来的打算。薇弗莱还是抽抽搭搭地把话说了出来，说她妈这样，那样，总是要刺伤她，让她不痛快。她妈也气得一下坐起来：

“哎呀，你为什么要把我想得这样坏！”她骤然一下，显得衰老且痛苦不堪，“你真认为你妈是这样的坏？……”她直挺挺地坐在沙发上，气得眼泪都出来了。

有时，精美也跟妈妈闹点别扭。她们宴请龚家，席上精美被薇弗莱的言语刻薄了，可她妈妈还帮薇弗莱。饭后，精美在厨房里帮着收拾，终于忍不住问妈妈：“你为什么总是看不见我？”她妈妈抚着她的肩背，说：“看见的！我都看见的！薇弗莱挑螃蟹挑最好的，每个人都挑最好的，只有你挑最差的，这是因为，你的心是最好的！……”

身为作家，要能看见所有的人，深入每个人物的内心去了解他们，扮演他们。不仅要理解自己，也要理解别人；不仅理解女儿，也要理解妈妈。谭恩美的个人经历也有不少坎坷。她曾因婚姻问题与母亲发生冲突；曾出过两次车祸，曾被人打劫，还遭遇过泥石流几乎被冲走。二十多岁那年，她最好的朋友在生日那天被入室抢劫者捆绑勒死，她被叫去辨认尸体，这一打击使她就此辍学，放弃了博士学位。一颗富有同情的心不是容易炼成的。谭恩美总是乐于帮助他人，她为残疾孩子工作，帮助有潜力的作家出版——慷慨的人，其实是越给越有的，宽广的胸怀只会使作品受益，她在新作《沉没之鱼》中表达了这样的思考：我们该如何面对他人的苦难？

我在读《喜福会》之前，揣测这本书在美国那样走红，是不是因为书中包含了中国文化，就跟汤亭亭的书一样，令美国人感到神奇的吸引力。读过之后，我感觉她俩不同：汤亭亭的读者偏于学院派，她的作品更适合学术研究；谭恩美的读者应更大众，她的小说非常好看，灵气飞扬，某些地方对中国文化元素的化用，真是特别巧妙且趣味盎然。比如接着刚才薇弗莱跟她妈妈的对话，她俩哭过之后，推心置腹地交谈起来。她妈跟她讲起她的祖上，是“太原孙家”，一个“强大又聪明，以善战闻名”的千百年的家族——

“他与成吉思汗作过战。哎，他发明了一种盔甲，刀枪不入。令蒙古兵的箭射上去，就像射到石头上一样，连成吉思汗都大为钦佩！”

“是吗？那成吉思汗一定也发明了一种无孔不入的箭了，”我不露声色地插话，“否则，他最后怎么征服中国的？”

妈只当作没听见。“所以，你看，太原孙家真是十分了不起的。因此你大脑构成的材料，也是太原货呢。”

“不过我想而今，太原的种种优点，已发展到玩具市场和电子市场上了。”我说。

“这话怎么说？”

“你没发现？这每一件玩具上面都刻着‘台湾制造’！”

“呵，不，”她高声叫道，“我不是台湾人。”

你猜她俩在说什么？鸡同鸭讲。母亲说的是太原，女儿以为她在说台湾。美国长大的女儿不知道太原，但知道台湾，母亲是扬扬自得地把孙逸仙都包括到她的家族里去了，女儿却只能联想到台湾发达的玩具与电子市场！中国的基因，在美国落生后，变异了，至亲的母女同床异梦，说话隔靴搔痒，既互相关心又彼此伤害。而当女儿第一次踏上中国国土，她的中国血液才突然地沸腾奔涌！

我看的《喜福会》是程乃珊译本。豆瓣上有人说有些地方翻译得不对劲，那是因为译稿经过了程乃珊的润色和改写。程乃珊本人是好作家，所以这个译本相当的畅顺，关键是由她来译谭恩美十分合适。程乃珊从小在上海、香港长大，我上小学一年级时在《儿童时代》上读过她写的香港背景的《欢乐女神的故事》，还很怀念。《喜福会》读来有种家常温煦之感，在春节前读，氛围更是浓厚，全世界的华人都在共同迎接的“年”，快要到来了。

2013年2月1日—3日

欲望，在哪一辆车上

文学课上我们看电影，然后讨论。在外文楼的顶层放映厅，深红色天鹅绒的落地帘拉开来遮蔽了所有的长窗，光影晦暗，上百个座位由我们十一二人稀落而集中地占据，看电影在中央大幕布上显现。电影里的灯光也故意地幽暗昏沉，仿如浅浅的幻象，由这悬空的幕布盛着。一辆白色的街车驶来。戴宽檐帽穿白色衣裙的女人上车，又下车。这辆车叫“欲望”，搭乘这车的女人叫布兰奇。

一辆街车，怎么会叫作“欲望”呢，而剧中的人们对此竟毫不为怪，任由它每天在街区里驶进驶出，司空见惯。原剧作者田纳西·威廉斯让他的剧中人接受了他高度象征的荒诞。片名出现在流动的街景上，“The Streetcar Named Desire”，我觉得它可以有两种意思，一种是“欲望号街车”，另一种是“以街车命名的欲望”。前一种符合剧情，而后一种也不能算是歧义：车叫欲望，欲望不也像这车？

我们看的版本不是费雯丽和马龙·白兰度主演、获奥斯卡奖的那个。风华绝代的费雯丽会化身为一个我见犹怜的布兰奇，多少扭转影片的基调，我的同学在观看时便不会发出不无嫌弃的微词低声。而这个版本的布兰奇，去不掉的憔悴附着在残存的容姿上，刻画着她的老。可她仍每时每刻记挂脸上的妆，身上的衣裳，假模假式地作态，偶见少年还要风骚挑逗，难怪我的年轻的同学嫌她。我不讨厌她，我觉得这个布兰奇比费雯丽版的更真实。可怜的女人未必是漂亮的，而不漂亮、又有些讨嫌的可怜人是难以得到同情的。

布兰奇家从前在南方曾有一个很大的庄园，后来衰败。布兰奇本人婚姻不幸，丈夫是同性恋者，身份暴露后开枪自杀；后布兰奇与士兵鬼混过，又因诱惑未成年少年被家乡驱逐，只得来投奔她妹妹。妹妹丝黛拉与妹夫斯坦利住在贫民区，斯坦利是个没受过教育的粗鲁彪悍男子，与布兰奇彼此厌恶。斯坦利的朋友米奇爱上了布兰奇，斯坦利打探出布兰奇过去的丑闻并向米奇揭穿，拆散了他们，后更是粗野地强暴了布兰奇。原本就恍惚于现实与虚幻之间的布兰奇一步步崩溃，最终被精神病院的汽车拉走。

叙述起来，处处都是不名誉的事件，而布兰奇始终端着她的架子不放下。包括在最后，她仍温雅地挽起不知是谁的精神科医生的手臂："不管你是谁，我总是依赖陌生人的仁慈。"她曾责备和她有同样家世教养的妹妹，怎么会嫁了这样一个男人还心满意足？！布兰奇的话大意如此：上帝造出我们，不是为了让我们满足于低等快乐，而是要追求高级的精神生活。她的措辞颇为精到，表达的思想也令人认同——是的，她是在让这一思想指导她的行为，只是她修养不够，行为不能到位，走偏了而已。可她也是没有办法——对于不断在脑海中回响的杀死她丈夫的枪声，她有什么办法？薄幸的男人一个一个地离开她，她有什么办法？相比之下，她的妹妹在外表和举止上都比她招人喜欢：柔婉、体贴、忍耐，然而在精神层面上，这个妹妹是没有坚持和固守的。我们都不理解她怎么能够和那样一个男人生活在一起，直到他无理取闹殴打她的夜晚，真相才得到暗示。怀孕的她被暴打，跑到了楼上邻居家，斯坦利又在楼下野兽一样哀号：我要她！要她！！要她！！！妹妹竟然出来了——她脸上的神情，好似被魇住一般，和她的男人彼此对视，两人进入了一种类似美梦的甜蜜状态。他们拥抱在一起，彼此紧贴、合搂、搅缠……于是，可以理解为什么他们俩会在一起生活了。妹妹的名字叫丝黛拉（Stella），和斯坦利（Stanley）听起来非常相像，我起先还以为是Stella，Stelle，恰是法语阴阳性结尾的一对词。如此相似的名字应该是作者刻意起的吧，他俩实在是在性上搭配互补的一对，像一架运转良好的机器，磨合了一切不和谐拼轧在一起。细想起来，这表面上没出丑的婚姻难道不是一种丑吗，为肉体的快乐不惜抛弃精神的信守？他们的欲望就像公然行驶的街车，没有人指责。而不幸的姐姐，只因在欲望上操作不当、运气不佳，才导致了体面不存、满盘皆输，被收容精神病人的车载走——人们认为那是她该去的地方。

布兰奇是一个说谎的女人，她需要自己的谎言所营造的优雅。对她那副腔调，最看不惯、最嗤之以鼻的就是斯坦利。布兰奇虽达不到优雅之境界，但是向往、努力；而斯坦利呢，“优雅”，以他的出身、教养、德行、理解力，因毫无指望能达到故而憎恨，尤其憎恨布兰奇那种装模作样的假优雅。他要做的，就是把她这层外衣撕去、撕烂，把她拉下来，拉到和自己同样的下三烂层次。他初次见布兰奇时，无顾忌地脱掉外衣，露出雄壮矫健的肌肉，布兰奇对此一掠而过的惊栗眼神被他抓住了，这也是他唯一能抓住并理解的东西。所以他强暴布兰奇时才凶狠地说：“从一开始，这件事就注定要发生了！”他其实是说：你不就是个婊子？！装什么装呢，你和你鄙视的我其实是一个货色——斯坦利有什么呢？除了他那身肌肉。要压服一个女人，他除了使用这种最原始直接的手段还有什么招呢？

这个电影版本的导演，虽然对布兰奇投入了足够的关注，还是没投入足够的同情。影片之终，对于先是呼号挣扎然后平静欣然登上精神病车的布兰奇，导演的眼睛站在旁观的斯坦利、丝黛拉这边。斯坦利在这眼光中俨然是个正常而正派的人，和导演一道看着不正常的布兰奇，这疯癫女人的下场。没有音乐做一个悲伤的结，没有镜头跟着那辆精神病车。如果不是刻意客观的冷，那就是导演不同情她。

欲望摧折神经，如果你不肯屈从，非要你要不到的东西。然而，布兰奇至多只是个不幸的疯子，斯坦利却是个卑下的无赖。

2003 年 6 月 14 日—16 日

故事本身成了精

"'莴苣，莴苣，放下你的头发让我上去。'莴苣有一头又长又漂亮的头发，细得像纺好了的金丝……有一天，一个王子骑马穿过树林，从塔旁走过。他听到一阵歌声非常悦耳，就停下来静听……"

朋友拷给我的童话MP3文件，放给孩子听。故事讲到这里，配乐响起，仿佛就是莴苣姑娘的歌声，非常地深沉动人。打动我的还有一重:这个朗诵的文字版本，就是我童年时阅读的版本，朗读者声情并茂，读出我曾默念过许多遍的语句，一词一字，丝丝入扣，以为散失了的记忆竟还原了。为此，我等到有返乡的机会时，特地专程，把老家那本旧的《格林童话选》找出带回。带回武汉，翻开书对着听了一遍《莴苣》，发现微小的几处不同，录音稿应是以这个流传较广的魏以新译本为基础，略作改动，使它更精炼上口。

这本《格林童话选》是我上小学二年级时买的。暑假里到荆州、沙市参加夏令营，汽车在新华书店旁边停十分钟，我进去买了这本书，随身带的五角钱花掉了四角，我还不曾这么花过钱。当时，我嗜书如命（胜于现在），碰到什么书都不离手地看。如果碰到的是安徒生童话，那会更好，格林童话当然也是必读书，《白雪公主》《灰姑娘》这些基本故事都出自那里，书是我自己的，就看得熟。故事是多少有些俗套的，文字也不是那么精纯的，比如白雪公主降生，“像雪那么白净，像血那么鲜红”，或许原文如此，译者照译，可这效果，不仅语焉不详，颜色也不吉祥，这么一个孩子生下来，难怪母亲就去世了。还有好人得好报，恶人有恶报，坏女人的下场是说一句话嘴里就吐出一个癞蛤蟆，而好女子的酬报是说一句话嘴里就吐出一块金子，这难道也是好事么？假如我是那个好女子，我愿意倾其所有，医治这不幸的咯金之症。

不过，即使是安徒生，他也写过《小克劳斯和大克劳斯》那样俗气的作品呢，此篇若不署名，也很可以归到格林童话里去。安徒生童话，我从前没买书，就没看全，而其中最优美的那些篇章，当然不会错过。我在课本里读到了，我在收音机里听到了，我的心和丑小鸭同步地战栗，我为卖火柴的小女孩饮泣。尽管安徒生的作品可分为“三个时期”，他除了浪漫主义也有现实主义，也不乏“对丑恶与荒诞的鞭笞”，我只认定那些唯美的、忧郁的、极端诗意的作品才是他的典型风格。他是北欧人，鹅毛大雪飘飞的丹麦，他的心也像一朵美丽的雪花，六瓣状晶体，从天上来，不染尘埃。

我的女儿三四岁的时候，我很犹豫，要不要给她听《海的女儿》。小小的女孩心地已足够纯洁，过于纯洁会不会培养出悲剧气质来？安徒生是个天使，当世与后世的读者都尊崇他，而他坎坷忧郁的一生，是由他那极端敏感的心灵独自承受的呀。拥有一颗天使的心是幸还是不幸，要看他心灵与才华的比例，以及二者是否协调，还有谁也不知道是偶然还是必然的，上天是否眷顾他。若是为文学陶冶，应该给孩子看安徒生童话；若是想让孩子食些人间烟火，耐受力强点，格林童话倒是比较妥当的。格林童话的品格较为凡俗，多反映十九世纪日耳曼民间小手工业者的生活和理想。那些铁匠、鞋匠、裁缝、磨坊主们，他们生活得欢实热腾，快活时唱歌跳舞，肚子饿了吃面包、香肠还抹上果酱，姑娘运气好了会给路过的国王娶去做王后，这种事情似乎是经常发生的。

重读《格林童话选》，我发现曾经看熟了的内容还是忘掉了不少，许多感想是现在才清晰起来，小时候模糊未明。似乎不必为从前遗憾，碰到的书不够好，甚或碰到了不好的。好的不好的东西一股脑儿来，孩童其实有个潜在的选择，选择那些符合他天性的去吸收，或保留到将来再去芜存菁。不怎么样的会被遗忘，不喜欢的则是印象深刻的否定，最后留下来的，就是属于你的，你会发现它与你在品性上的暗合。

这本旧书的最末一篇《放鹅姑娘》，里面那个去牧鹅的公主念的几句小诗，我多少年来都记得，会背：

小风，吹呀，吹呀，

吹掉小昆尔特的高帽，

让他去跟着追呀，追呀，

一直追到我把头发梳光，

再把头发编好。

女儿两岁时，我一边给她梳头一边念给她听。不知她有没有听懂这风里的惆怅，我小时候是感受到了的。这是个什么故事呢？一个小国的公主——应该是小国吧——要出嫁了，嫁给一个远地的王子。他们的老国王已死了很多年，老王后给女儿准备了很多嫁妆，但只派了一个侍女陪着公主上路。临行前，老王后取了一块小白布，割自己的手指滴下三滴血，作为对女儿的庇佑，然而在路上这块小白布被河水冲走了。于是侍女就欺负公主，逼迫公主与她交换了衣服，到了别国她冒充公主嫁给了王子，让真公主每天跟一个叫小昆尔特的少年去放鹅。在田野里，公主解开头发来梳头，小昆尔特看见她的金色头发就想去扯，于是公主就说这几句话，让风吹起来，少年去追他的帽子，她好从容地梳头。

我喜欢这个故事，它也特别适合妈妈讲给女儿听。一个在家是公主的女孩，只身离家远行，她的即便是王后的母亲能够庇佑她多久？有多少坎坷与危险潜伏在路上，她凭借什么才能抵达幸福的家园？长大了再读这个故事，一个貌似平淡的细节突显出来。公主和侍女到了别国的王宫，王子以为侍女是他的新娘，扶她下马，引她上楼，真公主留在下面。然而——

老国王在窗户里观望，看见她站在院子中间，非常文雅、温柔、美丽，他马上就到王子房间里，问新娘带来的站在下面的姑娘是谁。

这个细节非常关键，也使得情节合理，一个侍女，难道偷换了公主的衣服就可以冒充了么？真正的公主，不穿她的好衣服就丧失价值了么？年老的国王目光如炬，公主也就是凭着她的气质与教养维护了她自己。她是那么柔弱，无力驾驭她的侍女，沉默地忍受着被欺凌的命运，只是在每天去放鹅的途中，跟她的忠实的被杀掉的马说上两句话：

“哦，法拉达，你挂在这里？”

“哦，公主，你怎么变得这样惨？如果你的母亲知道了，她的心一定裂成两半。”

她不言语，走开了；注意到这个女孩的老国王暗中跟着她，听到她与马的对话，看到她的灿烂的纯金色头发。当他把她叫来身边问话时，这女孩因为被侍女逼迫着发过誓，不敢吐露实情。只有高贵的人才把誓言看得神圣，她的举止言行都证明她是一个公主。侍女背叛她，法拉达救不了她，母亲的三滴血也难以伴随她终生，最终成全她的，是她璞玉浑金的自身。

如果让成年的我来给这个故事一个概括，我认为它讲的是：优雅。这两个字严实地包含在一个精巧故事的芯子里面，它也正像一朵花的心，花朵的褶晕都由它生发、盘旋、缩结。

以上，是我许多年里慢慢形成的感想。之所以写下来，是因为最近看一本新出版的书，既强化了它们，又颠覆了它们，所以我这些感想是被这本新书给催成的：《安吉拉·卡特的精怪故事集》。

这本书做得极其漂亮，像一本外国书，它的装帧仿照了它的外文原版书：*Angela Carter’s Book of Fairy Tales*。“fairy tales”通常译成“童话”，“fairy”是“仙女”的意思，从来童话里少不了仙子仙女，他们帮人解决困难、实现梦想，同时赋予一种轻盈优美的基调给这种文体。可是这本集子不是这种童话，译者将它译成“精怪故事”，是神来之笔，抓住了这些故事的特征：古怪灵精、非一般、无章法，但生机勃勃得近乎蛮野，它们可没有童话那么雅驯那么乖！倘若你要把它们读给孩子听，最好先快速浏览一遍，或读的时候作必要的修剪，有些内容少儿不宜。而故事本身就像个精怪似的，听着你遮遮掩掩的朗读，哼笑一声，腾云驾雾自顾而去。

“这部精彩的集子囊括了抒情故事、血腥故事、令人捧腹的故事和粗俗下流的故事，里面绝没有昏头昏脑的公主和多愁善感的仙子；相反，我们看到的是美丽的女仆和干瘪的老太婆，狡猾的妇人和品行不端的姑娘，巫婆和接生婆，坏姨妈和怪姐妹。这些出色的故事颂扬坚强的意志、卑鄙的欺诈、妖术与阴谋……”这内容提要就写得非同凡响。安吉拉·卡特的这本故事集，是交由英国的一个“悍妇出版社”出版的，这个出版社出这本书真是彼此相得益彰。

安吉拉·卡特从世界各地找来这些故事并记录下来，她做的工作与格林兄弟类似，手法却正相反。我一直认为格林童话是比较粗和糙的，其实身为语言学家、古文物研究者和中古史学家的格林兄弟已经做出了巨大努力，严谨地比较和筛选了民间文学的不同版本，将故事打磨得精致优雅、温情脉脉，适合中产阶级的价值观，使之得以广泛流传，成为全世界儿童的隽永读物。安吉拉·卡特恰好不这么做，她不删不改，忠实地保存这些故事的原生态，即使它们包含色情、乱伦、暴力、血腥的因素。她采集的范围也尽可能地广泛：从英伦小岛，到欧洲大陆，到中东，到亚洲，到非洲，到澳洲，到美洲，甚至到北极——书中有不少因纽特人的生猛篇章，都是匪夷所思的荤段子。她这样做的理由，是为了让这些来自民间的故事保持它们充沛的生命力，不陷入文字的牢笼。

格林兄弟搜集整理日耳曼民间文学的初衷，是为了进行学术研究，为了证明这些故事并非个人创作，而是古老的宗教传说，是印度欧罗巴神话的遗迹或翻版。这个没多少人感兴趣的观点，在读卡特这本书的时候得到相似的印证，原来《白雪公主》《灰姑娘》《睡美人》《野天鹅》这些故事，在许多国家都有不同变体。口口相传的故事成了精，有了生命，它们像乘坐蒲公英的种子，随风飘到五大洲、四大洋。传说地球上的陆地在千万年以前本来是一整块，它们后来起了裂缝，分开了，逐渐缓慢地漂移，载着相似的人性种子，生长出不同肤色的人类。

《小红帽》是格林的故事，中国人也给孩子讲“狼外婆”的故事。有人说故事本身有破绽，狼要吃小姑娘，在森林里碰到就能吃了她，何必虚与委蛇，骗她说出外婆住哪里，再躲到床上假扮成外婆来吃她？其实这个故事的核心，是教育孩子狼会伪装成人，吃人的狼，一定会装得非常和善。狼外婆和小红帽的对话是这个故事不能省略的精彩部分：

“外婆，你的耳朵为什么这样长？”

“这样才听得见你说话呀。”

“外婆，你的眼睛为什么这样大？”

“这样看你才更清楚呀。”

“外婆，你的胳膊为什么这样粗？”

“这样抱你才更容易呀。”

“外婆，你的牙齿为什么这样尖？”

“这样吃你才更方便呀！”

小红帽是被吃掉了，在卡特的版本里可没有个猎人剪开狼的肚皮把她救出来！这是对的，既然要警示小孩，就告知不能挽回的后果，卡特的文中有一句话点明了故事的主题：“这可怜的孩子不知道跟狼闲扯有多危险。”

卡特是警觉的，她提醒读者注意，与《白雪公主》相似的篇章《诺莉・哈迪格》中，想置女儿于死地的恰恰是她的亲生母亲，而非继母，理由与那位继母一样，因为女儿比她美丽。姿色渐衰的女人，会忌妒自己渐渐长成、蓓蕾初绽的女儿，这微妙的心理其实也很普遍，只是人们不敢直视它。人伦中天然含有危险的成分，因为关系太近，利害相关。格林的《六只天鹅》里那六个变成了野天鹅的哥哥，都很疼惜他们的妹妹；但在卡特的《十二只野鸭》中，那十二个哥哥却想杀掉妹妹，就是因为有这个妹妹，他们才遭受了变成野鸭的厄运。

故事不是卡特写的，而她的编选、分类、冠名彰显了她的思考和主张："勇敢、大胆、倔强""聪明的妇人、足智多谋的姑娘和不惜一切的计谋""好姑娘和她们的归宿"，甚至"捣鬼——妖术与阴谋"。这对传统是种颠覆。赏善罚恶是人间自有的公道吗，它由谁来执行？一个被继母和姐姐欺侮，睡在灶旁灰堆里的灰姑娘，王子为什么眷顾她呢，为的是她遗落在舞会上的金鞋子？而仙子又为什么要帮她置办金色的衣服和舞鞋呢，就因为她善良、勤劳么？可是这世间，无论是善良勤劳的姑娘，还是真的拥有金鞋子的姑娘，都多得数不清啊，究竟要怎样，才是她而不是别人，获得命运的垂青？

卡特书里的伊拉克版本灰姑娘，她的继母在婚前待她是好的，在如愿与她父亲结婚后，就待她很坏了。姑娘想："既然是我亲手捡起了这只蝎子，就要自己动脑筋解救自己。"这就是一个聪明的姑娘，懂得困难要排除，幸福要追寻，全都靠自己。按照这个思路，《放鹅姑娘》里的懦弱的公主，面对命运的不公唯有沉默，她被搭救的机会真的很小。她的身边有个老国王，有眼有心看出了她的公主气质，但在浩渺平常的现实中，有几个人知道"气质"是什么？如今这两个字已被用滥，作为人皆有之的征婚条件，在某电视剧中，一个女人这样央求女主角："小姐，你又漂亮又有气质，你就把他让给我吧。"气质仿佛是一种有形的不动产，你既拥有，夫复何求，不妨优雅地把属于你的王子让给条件逊于你的侍女。

安吉拉·卡特临终前在病床上整理书稿，她说："我只想为姑娘们把这个做完。"姑娘们，当她们还是小女孩的时候，听着公主、王子、仙女、魔法的童话，这些星宿照看着她们的童年；等她们渐渐长大成年，也许有一天会碰上安吉拉·卡特，这个从世界的各个角落找来完全不一样的故事的人，她想告诉姑娘们世界的另一些秘密。

2013年1月11日—17日

成为简

成为简·奥斯丁

跟卖碟的小贩说要《成为简》，他不知道这电影。我说又叫《珍爱》，他说："哦！"赶忙伸手进他的西装内部掏摸，其门襟内左上方、右上方、左下方、右下方能各变出一叠碟片来，他业务熟悉，一摸就着。他干这门营生的工作服大概脱胎于八十年代的干部服，当然四个口袋要贴在里面，城管一来，他揣起就跑。难为他，每张碟仅售四元。

但四元的《成为简》，我在两个小贩手里买过，英文字幕都是一团糟。只好听他们的建议买一张 D9 的，八元一张："绝对没问题了。D9 的跟商场里卖的一模一样。"

这电影我看片名就想看，为了简·奥斯丁。换了《莎翁情史》，我就不想看了。如何成为简·奥斯丁？我期待一个女作家在宁静岁月中安静地雕琢——她坐着，一针一线地绣花，忽然她大笑起来，放下针，跑到桌旁去写几行字，就是刚才在头脑中把她逗乐了的话。"在两寸象牙上细细描画”，她这么比喻她的写作，她在布局谋篇、造句遣词的时候，掌握着精准的艺术衡量，增一分减一分，必殚精竭虑以求完美。她写小说，不署名，她的小说本来只是在家里读给她的父母兄弟听的，因为谦逊，觉得自己写得不行，出版时怕署名丢丑。她当然知道什么是行，她作品的品质足以说明她判断力的正确。凭她这样风格的为文为人，我大致能想象出她距离我两个世纪远的容貌。

《成为简》这片名绝好，女主角则嫌太漂亮。演过《公主日记》的安妮·海瑟薇长了张公主脸，但不是作家脸。奥斯丁倘使长得美，她的美也该是亚光的，内敛的，不是这样外向反射的高光。在《傲慢与偏见》中，作者的机锋像是包了一层布的剪刀，她作势把人物剪一剪，却不真的把他们弄伤，她的嘲讽机智而不刻薄，刚好把人物幽默到喜剧的程度。这是个既聪明又温厚的女子，一张过于聪明外露的脸孔不会是她的，一副锋芒毕露不饶人的架势也不会是她的。她或许会一边写一边轻声读给自己听，也可能把不满意的词用剪刀抠掉，但断不会重重写下几个字，再狠狠把笔一掷，报了仇似的。《傲慢与偏见》她二十一岁就写好了，等到三十五岁上，又花了三年时间去改。三十五岁的智慧大概就是在剪刀外包一层布了，可贵的是，书中属于二十一岁的纯真、活泼、俏皮依然保存着。这也是她艺术感觉极好的证据，她完全知道什么该改，什么该留。

《成为简》不像电影《源氏物语》那样采用双线结构，把紫氏部的人生也加入到故事里面去。《成为简》是单线，而这里那里都像是《傲慢与偏见》的投影，只是投在不同地方。许多元素都在，但经过了不同的剪接。在几个主要人物身上我们能看见达西、丽萃、吉英、班纳特太太、德·包尔夫人的影子，不是他们，却相当于他们。揶揄的话语恰好给对方听见，这情节原著用了一次，电影里用了两次，似曾相识的求婚场景也出现了两次。私奔的情节则被加倍利用：在十八世纪能让一名少女乃至她的家族名誉扫地的私奔，奥斯丁是用在放浪的丽迪雅身上，在本片中就该由简·奥斯丁亲自担纲，构成电影的高潮部分。私奔至中途，如同在悬崖边画了一段优美的弧，又回来了，理智战胜了情感，其后终身未嫁……“《成为简》真是太好看了！”我有两个学生都说，其中一个还是男生，所以我多跑了几趟，把只看了开头的乱字幕版碟换成 D9 版，才终于看成。我并没觉得特别好看。

结尾挺好看：中年的奥斯丁，鬓有微霜，锋芒收进去了，气质显出来了。她破例，为她年轻时爱人的女儿朗读一段自己的作品，读完，众人鼓掌，她声色不动地合上书，双手顺势交握于书本之上——一个极其合榫而优雅的手势，她三十年写作生涯的凝聚。镜头定格，字幕打出：“在不长的有生之年，她写了英国文学史上的六部伟大小说。”

有些事实不在电影里，但我觉得更有意思——

简・奥斯丁从十二岁就开始写东西，在宁静的晚上读给她的家人听着消遣：父母，六个兄弟，一个姐姐。二十一岁，她写好《最初的印象》，就是后来的《傲慢与偏见》，她父亲帮她寄给伦敦的一个出版商。书稿很快就被退了回来，甚至没有拆封，大概那人觉得，一个乡下姑娘写的所谓小说，不仅不用看，连假装看过的拆封动作都不值得做，他才不去浪费这一分钟的时间。次年，简开始写《诺桑觉寺》，四年后有个出版商出十英镑买下了它，却没给她出版。直到简的父亲去世之后六年，《理智与情感》才终于面世，又过了两年，才是《傲慢与偏见》，扉页上没有作者的名姓，仅注明是“一位女士所写”。第一版很快卖光了，第二版，简的哥哥亨利给她署了名：简・奥斯丁。别人不相信，她的家人从来就坚信，他们的简是文学天才。

这是简・奥斯丁小姐，她是个女作家。哦？写什么呢？写小说。哦，那有什么用呢？电影里，不止一个人这样问。“小说，最没意思的东西，只有女人写，女人看，连上帝都不看……好像女人写的东西体现不出头脑的力量、人性的学问、智力和趣味的奔涌，以及你所能想象出的最精妙的语言。”这几句台词确能反映奥斯丁的文学观，编剧至少是把《傲慢与偏见》吃透了，在他试图将它和剧情建立起对应关系的同时。奥斯丁的小说，茶杯里的风波。在她生活的年代，不是小说不受重视，是她这样的小说不受重视。她身处浪漫主义文学时期，却是个现实主义派；她的时代推崇规模宏伟、笔法刚劲的大题材，她则专写小题材，讲究绵里藏针的趣味。她永远只写乡村里的三四户人家，写他们跳舞、打牌、闲谈、喝茶。如果读者看不出，这个一手握着茶杯，轻描淡写地跟人谈天，于巧妙言谈中探索他人性格的女子，是绝顶聪明绝顶可爱的，那他肯定看不出她的小说究竟有什么意思。奥斯丁自己说，她的写作给她挣了二百五十英镑。可以算算，其中《诺桑觉寺》十英镑，《理智与情感》一百四十英镑，那么《傲慢与偏见》的市场价不过几十英镑。尽管有人喜欢，她的书在当时的印数确实有限。不喜欢她的人还相当多：与她差不多同时期的女作家夏洛蒂·勃朗特肯定是不喜欢她的，隔了一个大洋的美国智者爱默生当然也不喜欢，一百年过去，现实主义与自然主义并举的 D.H. 劳伦斯仍然不喜欢她，最奇怪的是，同样以讽刺幽默见长的马克·吐温也讨厌她，他甚至声称对简·奥斯丁怀有“生理上的反感”。反倒是专写历史大题材的司各特有眼光，他欣赏她，虽然他的写作与她的恰好处于两个极端。司各特比奥斯丁年长四岁，在世时得享大名。

究竟上帝看不看奥斯丁的小说？——看，事实证明他看了，因为奥斯丁进了文学史，这不是人能够操纵的。她守着她的小题材，不肯变，也不与任何人争辩，这守住自己的姿态就是勇气的表示：在千军万马朝一个方向奔腾的潮流中，有一个逆流挺立的自己。尽自己的本分，才是把握自己的天分，让那些空口白话的人去扯淡：要突破自己，要拓宽题材……

简·奥斯丁只活了四十二岁，没结婚。二十七岁那年，她曾答应过一个人的求婚，但第二天早晨就反悔了。二十九到三十六岁的七年间，她什么都没写，在这段生命的暗淡期里，她经历了举家搬迁、父亲离世、经济危机等变故，还有一件关于她的据说以悲剧收场的绯色传言。具体如何，不得而知，但未必是如电影《成为简》所讲述的那般。并不是将《傲慢与偏见》中的各种元素重新排列组合，就能把简·奥斯丁的生活还原。不知道也好，那是她的秘密；她想告诉你的，都已经写在小说里了，谁若是擅自根据一位女作家的小说去倒推她的生活，他肯定是会冒犯她的，即便将所得的故事命名为《珍爱》。

达西，丽萃，彬格莱，以及班纳特太太

我的《傲慢与偏见》是从网上下的。在一个地方找到影片，在另一个地方找到英文对白，各自用电驴下载，再合成一处，刻录成光盘，这样，一部《傲慢与偏见》就制作完成了。我当然不会干这个，每个步骤都不会，全赖先生一手操办。他做到这个程度，我拿着这光盘还找不到路径打开。我不打算会，横竖在家有先生，在班上有学生，他们个个都是电脑高手，我乐得当白痴。

我们的大学英语课某一单元的主题是 Manners。《傲慢与偏见》一书中 manners 这个词出现了 113 次，给这个单元作辅助教材再理想没有。我先让学生读原著的头两章，再给他们看电影。看电影效果甚佳，由于我当甩手掌柜，先生在网上搜到电影的 N 个版本，他做主下了最新的 2005 年版，很时尚，正对学生口味。学生们是“85 后”，他们喜欢教室外一望无际的草坪。从前这一大片全是树林，带野味儿、有森林感的树林，不知是谁的主意把树砍光了来种草。

投影是大屏幕。把灯熄灭，窗帘都拉上，教室是个颇不错的小影院。电影很好看。画面活泼流畅，乡村景致，有许多白鹅。舞会上的小提琴具苏格兰风情，军队行进时则配以短笛进行曲，让人精神倍增。唯一的坏蛋韦翰，真像书中描写的那样漂亮，风度翩翩，但女生们都不搭理他，全迷达西去了。从达西出场她们就在笑，他傲慢得不可一世她们也不讨厌他。达西把丽萃和她的妈妈妹妹们送上马车后独自往回走，他手的表情更让她们笑：五指绷紧了揸开一下，分明是一个鬼脸。他后来不傲慢了，甚至显露出羞怯和老实的本色；他为情所困，受煎熬，被同情。晨曦微露，薄雾弥漫，达西魁梧的身影由远及近，一步一步向丽萃走来……连我都不禁感动，想到简·奥斯丁，她一生都没等来这么一位王子似的达西先生。

扮演达西的男演员据说连原著都没看，居然不妨碍他大获成功。

至于丽萃，我看了几个版本的电影，没碰上一个长得如我想的丽萃：并不十分漂亮，可是有味道，俏皮伶俐，一双黑眼睛让人过目不忘。这一个丽萃长相甜美，没气质，有气质的反倒是彬格莱的那个势利妹妹。彬格莱则失败透顶，傻，他本是个相当漂亮的人儿哪，一个被众多有女儿的人家打抢的有钱有貌有风度的准好女婿哪。还是 BBC 公司 1995 年版的那个彬格莱符合原著，而且，跟同一版里的吉英堪称绝配。但那一版的彬格莱妹妹太丑了，韦翰也不漂亮。

除开这几个漂亮人，原著中最大的亮点班纳特太太，在哪个版本里都没出彩，这是我最大的惋惜。被公认最忠实于原著的 BBC1995 版，它的头彩又被另一个滑稽角色柯林斯先生占去了。

班纳特太太真可爱。难为她愚蠢得这么精彩。她的毕生事业：嫁女儿。五个待嫁的女儿真够她操心。“你半点儿也不体谅我可怜的神经！”她向班纳特先生抱怨，后者如一条鲇鱼般狡狯得滑不溜手的言谈，她集二十多年为其妻的经验也听不明白。她最心爱的女儿丽迪雅跟韦翰私奔了，她伤心得起不了床，对来看望她的兄弟说：“……班纳特先生已经走了，他一碰到韦翰，一定会跟他拼个你死我活，他一定会给韦翰活活打死，那叫我们大家可怎么办？他尸骨未寒，柯林斯一家人就要把我们撵出去呀……”大家听到她这些可怕的话，都失声大叫；才一分钟，她突然又说：“好兄弟，你见到我的丽迪雅宝贝儿就跟她说，叫她不要自作主张做衣服，等到和我见了面再说，因为她不知道哪一家衣料店最好。”她的脑筋居然会这样拐弯，叫人啼笑皆来不及，头脑不清的人就是这样思考问题的。简·奥斯丁做着针线，想到班纳特太太这句话，大笑着跑去找张纸写下来。她的头脑中存了太多蠢人的趣话。

丽迪雅最爱追军官，像她这样的女孩子还不少，所以当军团要开拔离开的时候，她们无限悲痛。班纳特太太也跟着一块儿伤心，她记起二十五年前，她自己也为了同样的事情，“整整哭了两天。我简直心碎了”。奥斯丁咬着嘴唇笑。她忍着，不把笑落到纸上。

班纳特太太怂恿大女儿吉英去彬格莱家做客，不准她坐车，要她骑马去。因为天好像要下雨的样子，下了雨吉英就可以在那儿过夜。恰如她的神机妙算，天下大雨了，吉英淋了雨病倒在彬家。班纳特太太的所作所为，在小说里都是错的，滑稽愚蠢的，但放在现实里，很不幸，她是对的。她只有五个没有继承权的女儿，等班纳特先生百年后，他的财产全归那个不认识的远亲柯林斯继承，五个女儿要不嫁得好些，难道今后喝西北风吗？她唠唠叨叨，总放不下女儿和柯林斯两桩事，班纳特先生安慰她说：“想想高兴的事吧——或许你死得比我早呢。”

天保佑班纳特太太，她有两个女儿分别嫁给了彬格莱和达西。他两个既有钱，跟吉英、丽萃还有爱情，奥斯丁的爱情观是借丽萃之口说出的："必须是一种优美、坚贞、健康的爱情才行。本身健强了，吃什么东西都可以获得滋补。要是只不过有一点儿蛛丝马迹，那么我相信，一首十四行诗准把它断送掉。"

2005 版的电影，仿佛是为了突显丽萃和达西，把许多有意思的枝叶都删了。正如我们窗外砍掉大树，改种草坪，草坪没根基，不能遮阴不能踩踏，每天还要着人洒水修剪。一个年代的风貌，反映在每件事情上都风格相似。《傲慢与偏见》开篇著名的第一句话："凡是有钱的单身汉，必定需要一位太太，这是一条举世公认的真理。"我让学生写评论，一百来个学生，把这句话理解对了的居然只有一人，英文好的学生可不少，他们笔下生花，可是都没把意思搞对，大概注意力都被电影里男女主角的爱情带走了。

还是要看原著。意趣无穷。老版的王科一译本，用那种有点古的宋体字排版，给下面这个细节配了插图——

彬格莱的妹妹跟达西在矮树林里散步，说着挖苦丽萃的话。正在这时丽萃和彬格莱的姐姐从另一条路走来，彬格莱的姐姐见到他俩便丢下丽萃，挽住达西空着的那条臂膀，那条路刚好只容得下他们三人并排走。达西觉得过意不去，打算改道，丽萃却笑嘻嘻地谢绝说：

"不用啦，不用啦，你们三个人在一起走非常好看，而且很出色。

加上第四个人，画面就给弄毁了。再见。”

说完她就得意扬扬地跑开了。我在书外快笑倒了——丽萃！丽萃！我上哪儿去找你这么个妙人儿哪。你就是简·奥斯丁吗？

2008年4月13日—21日

/ 辑三 / 法语课

他和他的家在巴黎

现在我又坐在了法语课堂上。刚从巴黎回来的老师身着燕尾服，满口法语，使我如置身法语的荒野。

真罪过，把法语比作荒野。只因我听不懂。那些听得懂的同学在微笑，他们对法语的感觉可能是丛林茂密。法语自古就被认为比英语高眉（highbrow），因为它精密、复杂、繁琐，它设置的太多语法规则犹如重重的宫廷礼节，从而形成一种优雅的、分寸有度的贵族气质。中世纪的英国，贵族讲法语，平民讲英语。现在的中国，大路货T恤上写几行不通的英文已不新鲜，更时髦的是一个法国字“bon”。

方鸿渐期期艾艾地在电话里用法语拒绝苏小姐：“我——我爱一个人，——爱一个女人另外，懂？”稍学过外语的人都会一笑，这句话用英语说也是同样结构：我爱一个女人另外。与笨重的法语比，英语的优点是简洁，有跳跃感，有时候颇俏皮。我初学法语是十年前的事了，英文系的学生在大三必修一年法文。记得下了第一节法语课，我们都发表感想："英语太简单了。"现在我唯一记得十年前会说的一句话是：Il habite à Paris avec sa famille.——他和他的家庭住在巴黎。仅此一句，已经高低转折，充满了琅琅的音乐感。

现在上法语课，老师提问让我发窘的时候，我真想用操练好的一句法语来抵挡："我不会说法语。"嗳，课堂上我哪敢如此玩世，这不是写文章。只能跟法语纠缠。谁纠缠得过它？看看它的数字表达法：七十是"六十十"，八十是"四乘二十"，九十呢？"四乘二十十"。读电话号码 45249873：四十五，二十四，四乘二十加十八，六十十三。叹为观止吧。法国人爱浪漫，连八位电话号码都要结成四对佳偶。还有它那令人发疯的动词变位：每个动词在同一时态上依人称有六种变位形式，换一个时态再换成另外六种，区别细微，极易混淆。不知道法国人是怎么说法语的，是自小训练，还是根据一种潜意识，耳濡目染而自在嘴边？我在书上看到一位法国教授的抱怨："中文最让我发疯的是，它没有时态。我永远不知道它是说现在、过去，还是将来！"我忍不住要笑，他那几十年的变位本能是不是有了被架空的感觉。问问中国人去，谁说中文没时态？中文是比法语更复杂的语言。咱们的语法，是"大音稀声，大象无形"。

我在图书馆翻杂志，看到一位朋友写的游记。他又到法国去了，和他的夫人住在巴黎的一条老街上。老街的风貌古旧，背景是塞纳河、西岱岛、巴黎圣母院，他宛如在巴尔扎克的小说中站立。深栗色的秋天的树，令人惆怅。两年前有一次通电话，他正要到法国去，我随口说：“我只会说一句法语。”他说：“我一句也不会说。”我唯一会说的那一句正好送给他：Il habite à Paris avec sa famille.

杜拉斯，还是杜拉

以古典眼光论，美国文学赶不上英国文学发达，英国文学又赶不上法国文学发达。法国是个盛产文豪之国。我借了本《法国文学名家》，一看目录，全是大名家：巴尔扎克、雨果、福楼拜、大仲马、卢梭、左拉、罗曼·罗兰……个个都有如雷贯耳的大名。这大概跟他们的语言有关，法语如此精密繁琐——如此难学，高强度地训练了他们的头脑。

近年在中国读者中人气指数甚高的杜拉斯，也叫杜拉。严肃的学界通译“杜拉斯”，初通法文的时候，我认为是错的。Marguerite Dulas，末尾的 s 应该不发音，除非再加一个 e，那才是杜拉斯。打电话问了法语老师，才知确实是杜拉斯。法语在这里又不讲它自己规定的道理了。爱杜拉之甚如赵玫者坚持叫她杜拉，一往情深地。“杜拉”就是那个爱了一辈子的杜拉；“杜拉斯”则可能是个男的，书房型、学者型作家吧。

乔治·桑 George Sand，罗曼·罗兰 Roman Roland，都讲道理。假定 Dulas 也讲道理，但是当它后面跟了一个元音，那么连读的效果也会造成“斯”音的出现。连读是比较高级的读法，老师说。但是他给我们做听写练习的时候，都采用高级读法——我的纸上常常是“不着一字”！

老师说，法国人是一个非常热爱听写的民族。每年都要组织全国性的听写比赛，这在世界上是绝无仅有的。初赛在电视和广播上同步播出，百姓踊跃参赛，把听到的一篇数百字的短文写下来，在截止日期前寄出，以邮戳为准。绝大多数人寄出自己的答案后，也就没有下文啦，很少的人会层层入围，直到获奖。最高奖可能是到夏威夷旅游，最低奖可能是一本字典，鼓励你继续学习。

他说这些的时候我望着窗外，教室的窗户正对着那片树林，平时匆匆而过，都只是侧瞥一眼，此刻它正正地被镶在窗框里，像幅画。银杏黄得这样厉害了，黄得趋向金红，绚烂无比，是画的主基调。下面灰色路面上碎金铺地。这像不像法国？下课的时候我问老师，他去法国几回了。他说，很像。香榭丽舍大道，谁翻译的名字，真美，在我想象中就像这幅画。法国人在林荫路上骑着自行车来寄他们的听写作品。邮差已经开过了邮筒，但是站住了等他们——他们是这么富于人情味儿的。大家把装着听写的信交给他，他尽职尽责地踩自行车驮着他的绿色大包走了。

听写比赛，是不是说明法国人自己也会听错、拼错？中国人不太会吧，除了“戊戌戍”这样刁钻的字。新闻联播听多了，咱们也不会把“高屋建瓴”读作“高屋建瓦”，嘻。即便听写赵元任的《施氏食狮史》，我都能写：“石室诗士施氏，嗜狮，誓食十狮。氏时时适市视狮……”让学中文的法国人来试试！他们能分清“四是四，十是十”就不错啦。

我浏览了法国人做的中文网站，一团糟。他们的中文真差！有“毛泽东东西的资料”，我打开看，有毛主席的著作、手稿、像章等等。中国人做的法语网站五花八门，有教初学者怎么速成发音的：见面不是叫“笨猪（Bonjour）”就是“傻驴（Salut）”，都是问好的意思。

昨天老师在读一句话的时候，我们爆笑出来了。他念的是 à tout moment，“在任何时候、随时”，听起来就像怪声怪调地说“啊杜芒芒”——我们班的杜芒芒就坐在第二排听课哩。

阴阳八卦

“法语的名词有什么特性，大家知道吗？”第一次法语课上，老师问。

“要分阴阳性。”大家答。

“那么分阴阳性有什么意义，你们知道吗？”老师又问。

“如果是人或动物，就有意义，其他就没有意义。”一个女生说。

“你说的是阴阳性本身的意义，属于客观陈述。我问的是，名词阴阳性这种现象的语法意义。”

他环视一周。没人回答。于是我回答：“在较复杂的句子中，它有助于精确性。”他听了猛地把头向全班一侧：“你们听见没有？——在较复杂的句子中它有助于精确性！”随即一抬腿把脚搁在椅边上，手肘再顺势搁在抬高了的膝盖上，以便托腮，准备长谈。有人想笑他这个惊人的动作，又打住了。我有点得意。这其实是个非法语问题，但它使得老师认为我“有思考力”。

法语名词分阴阳性、单复数，这影响到与它有关联的冠词、形容词、代词、过去分词的词尾变化，都有阴阳单复之分。在这一切精确地配合下，法语的精确性得以构建。这是我的心得，纠正了初学时大不以为然的心理。

太阳，阳性；月亮，阴性。企鹅，阳性；螳螂，阴性。锰，阳性；桔，阴性。感冒、鬼脸、义务、裂缝——阴性；腰、智慧、歌唱、埋怨——阳性。阿谀是阴性，妩媚却是阳性。没有道理可讲，法国的孩子从小训练，每学一个名词连同冠词一起念，直到朗朗上口：阳性前加 le，阴性前加 la。对于某些可能为阴也可能为阳的名词就要注意词尾变化，如 fiancé，未婚夫；fiancée，未婚妻。这一对浪漫的词被法国的邻邦英国贩过去了，e 上还保留着法语特有的小帽子，如汉语拼音第二声的标记。

法国女作家奥罗尔起了个男性的笔名：乔治·桑（George Sand）。她自小被祖母称为“我的儿子”，长大后潇洒脱逸，爱穿男子礼服和长裤，爱骑马打猎。每当谈及自己，她都使用阳性形容词——法语使她得以享受这种文字上的易性乐趣，换了英语就不行。也许她会喜欢中国的做法，咱们中国为了向有学问而德高望重的女人表示尊敬，称她们为“先生”，如：杨绛先生。只有钱鍾书说她是“杨绛女士”。乔治·桑的英国同行玛丽·安·埃文思的笔名是乔治·爱略特（George

Eliot)，这海峡两岸的两个女人英雄所见，名字都起了一样的。英国还有一位著名男诗人艾略特（T. S. Eliot)，他的名字曾经被不知哪个中国促狭鬼翻译成“爱利恶德”——这是从《围城》上看来的，方鸿渐读曹诗人的诗稿，诗后注明了典故出处及作者：爱利恶德、拷背延耳、来屋拜地、肥儿飞儿……谁翻译的嘛，未免太有意义了些，形同恶作剧，使得这些大诗人无一不斯文扫地。李梅亭得意扬扬地把自己的名字英译为 May Din Lea——五月、吵闹、草地，他的理论是挑英文里声音相同而有意义的字；憎恶他的赵辛楣则由此想到 Mating——交配，也是同音且更有意义。他好歹咬牙忍回肚子里去了。这个意义，配李梅亭这老色鬼，可谓绝妙。

说起阴阳，就扯了这么多。想到一篇小说的题目：无非男女。真可以大做文章。

香艳与素朴

最近连续写了些有关法语的文章，每写好一篇就发给在日本的朋友林展看。她说你别老说法语精密繁琐，这会给懂德语的人以可乘之机。公认德语较法语难，马克·吐温有句名言：学好英语三个月，学好法语三年，学好德语三十年。出文豪是一回事，出哲学家和科学家更证明精密复杂的体系。德语分三性，阴阳以外还有中性，所以在他们的哲学里，物我的对比判然。

德国的确惯出科学家和哲学家。他们那冷冰冰的纪律——包括语言纪律——控制了人的思维，却又在人的思维上开花结果。德国的前身普鲁士跟法国打仗，赢了之后逼法国人讲德语。语言是无法强制性消灭的，到今天，依然是德语如铁，法语如花。

回到法国。董桥说，有些文人一到巴黎居然可以诗魔缠身，大发绮思，足见巴黎确有一股妖气，教人身不由己，又是云又是水的。他自己在巴黎写了几篇随笔，本想把题目叫作《花都零墨》，一想不必，于是改成《在巴黎写的之一》《在巴黎写的之二》《在巴黎写的之三》。

我也觉得后者好。前者太花哨，像文艺青年，不称董桥身份。

前两年有一位外语教学专家来给我们讲座，谈到外国人学中文，说让他们做量词填空："散文诗一（　　）"。填"组"的，中文算不错；而会填"束"的，中文就非常好了。他说的是外语教学，语言的眼光。如果用文学的眼光，"散文诗一束"就是文艺腔。文学刊物一定说"散文诗一组"，他们要的是朴素。

董桥说得妙：这就等于赛因河的"因"字不必写成"茵"一样。草字头是种香艳。我们曾经都喜欢花花草草，草字头、木字旁、三点水我们都爱过；后来，才不要了。

可还是有坚持到底的人。像香港的林迈克，就是个唯美到死之人。他到巴黎，正好施展他的妖媚文字。花枝招展的巴黎，到处是滴溜溜的媚眼，连电视播音员都轻佻放肆，在播音的间隙突然单眼那么一眨……每个人都迟到。法文里的"迟到"，听起来像"白痴"，是对等待者的嘲弄。迈克说："迟到的姿势还真美丽，一屁股坐下，眉梢眼角尽是那神秘的，失落了的时间故事，急不可待露出风声。"我还是觉得迈克有点过，他恨不得字字句句都镶金戴银，漂亮得有堆砌之虞。假设他用法文写作，可能会掩饰这一点，因为法文本来就有繁复的必要。

肥一个早晨

读一段叶倾城的小说：

午后天上一朵胖胖的云，我们在湖边吃活鱼。他与我碰杯时，说："Cheers。"

拈一筷酸菜鱼片，他道："这汤，真肥。"又解释，"法文里，比较浓的汤就叫'肥汤'。说占便宜，就是'捞到一棵肥卷心菜'，汤里最肥的那一棵。肥发是油腻的头发；肥水是油垢的洗碗水；说话肥肥的"，考我，"你猜是什么意思？"

我想了想，"肥——，通荤吧？说话比较荤？"

他赞："加十分。那么，肥早晨呢？"

是草长莺飞的暮春时节。我说："夏天吧，太阳出来得早，于是早晨格外长……"

他摇头点破："是睡懒觉。日上三竿仍高卧不起的早晨还不肥？周六狂欢，分手时可以招呼 grass matinée：明天肥一个早晨。”

我喝一口蓝带啤酒，支着头，苦笑：“我的早晨、中午、晚上都很瘦。”

我对叶倾城说，你这一段写得好，有意思。

叶倾城小说里大量用的料是她从各处听来的故事——不知道为什么，她听到的奇闻怪事特别多。她本来就有本事把真事写得像假的，怪事给她一写，更真不了。她的兴奋点是故事，我则喜欢一切有趣的碎片，常常是没有故事性的妙语、掌故、情景、感怀之类。我对她说：“你平时说的话里头就有不少好东西啊，你怎么不用呢？”看叶倾城的小说，不大看得出她是个博览群书的人，她把书吃进去了，不吐出来。博览群书的印象，倒承蒙别人送给了我，这绝对是错爱，我看书太少，就我看过的那些书，我算不得读书人。我是把我知道的每一分每一毫都用上了。定下一个题目，我需要的碎片就在我头脑里自动汇集，我裁剪连缀即成。人家以为我看过整本书，其实不，我就只知道那一点碎屑，而且它还很有可能是听来的。

比如我要写关于法语的文章，我就想到了叶倾城小说里的这一段。然后我去翻《围城》。苏文纨是留法女博士，“围城”的法文典故还是由她的言谈带出，在她家的文化沙龙里走动的文化人也都是懂法文的。果然，客人中有位沈太太——

> 沈太太生得怪样，打扮得妖气。她眼睛下两个黑袋，像圆壳行军热水瓶，想是储蓄着多情的热泪，嘴唇涂的浓胭脂给唾沫带进了嘴，把黯黄崎岖的牙齿染道红痕，血淋淋的像侦探小说里谋杀案的线索，说话常有“Tiens! ”“O là，là! ”那些法文慨叹，把自己身躯扭摆出媚态柔姿。

还有一段：

> 一个姓黄名伯仑的学生，外国名字是诗人“拜伦”(Byron)。辛楣见了笑道：“假使他姓张，他准叫英国首相张伯伦；假使他姓齐，他会变成德国飞机齐伯林；甚至他可以叫拿破仑，只要中国有跟‘拿’字声音相近的姓。”

如果把这也看作碎片，这当是钱鍾书先生平日的奇思妙想，安插在这里。无论看什么书，最激发我的敏感性的地方就是这些碎片。我的问题啊，就是只有碎片而没有故事。所以，我宜写散文、随笔。

回他一只猫头鹰

1977 年 4 月 17 日的《洛杉矶时报》上刊登了一位农夫写给动物园的一封信。这位农夫需要一对猫鼬来捕杀他田里的蛇。猫鼬，英语里叫 mongoose，汉语字典上解释为“哺乳动物的一属，身体长，脚短，口吻尖，耳朵小。捕食蛇、蛙、鼠、鱼、蟹等动物”。——是一种挺生僻的动物，我在想象中对猫头鹰的头部作了些修描，猫鼬就成了一种长得像猫头鹰的古里古怪的东西。英语单词 mongoose 和 goose（鹅）的拼法部分相似，而后者是复数变化不规则的名词：一只鹅，one goose；两只鹅 two geese。鹅好办，可猫鼬怎么办？它是该跟鹅一样，还是直接加后缀 -s？字典上没说。它只有在动物学家那里才是高频用词，而动物学家又不是语言学家。所以这位农夫写信很是犯难。

他先写道：“请您给我寄一对 mongooses ……”

听起来不大像，他涂掉重写：“请您给我寄一对 mongeese ……”

还是不像。在第三次的尝试中，这位淳朴的农夫解决了语言学家也觉得困惑的两难问题：

“您能给我寄一只 mongoose 来杀杀俺田里的蛇吗？要是可以的话，麻烦您在寄的时候顺便多给俺寄一只。”

多妙。难怪要上《洛杉矶时报》。然后它又入选了加利福尼亚州大学一位教授编写的语言学教材，我现在正在读这本书。美国人写的教材真是妙趣横生。我看了这段花絮，联想到鲁迅作的情诗片段：

爱人赠我红头巾，
回她什么？猫头鹰。

好玩。世界上怎么有那么多的事情好玩。我每常嘻嘻笑，笑个不了，像个痴妮子。我问教语言学的 Michael，mongoose 的复数应该是什么。他笑了，说他认为是 mongooses，“不过我也拿不准，”他说。猫鼬是这样一种奇怪的东西。

Michael 问我们有没有找到某本参考书，一部分人点头。他说：“Perhaps you have got it, or got ‘them’.”——你们可能找到了它，或找到了“它们”。他说“它们”的时候，眼睛里有种一转念的神气，耸了耸肩。我笑起来了，他一说“它们”，好像参考书变成人了。

中文里表示复数用“们”。传统的用法是只能加在人的后面，现在为了俏皮也加在物之后了——“地上的瓜们，呆头呆脑。”我造的句。名词有复数，在中文里合情合理，在西文里天经地义。名词变复数数英语麻烦，法语反而很规则，整齐划一。但它的形容词也加复数，也分阴阳性——很抽象。想想看：阴性单数的红，阳性复数的年轻。形容词好似也有了生命一般，附在名词上，有灵有肉，仿佛舞蹈者身上的衣裳，舞者在舞，衣也起舞，两者具有天然的和谐，不可或缺地完成舞蹈的美感。

轻拢慢揽搂复抱

中学里读《欧也妮·葛朗台》选段，那个老爱说“咄，咄，咄，咄！”的葛朗台叫唤他的妻子：“嗳嗳，妈妈，小妈妈，好妈妈，得啦！”——让人觉得法国人真肉麻，“小妈妈”是个什么称谓？我没看原文，不知法文里是否就是“小妈妈”，如果是傅雷的创造，那真是神来之笔。法文里“小朋友”指异性朋友，有交情不一般的暗示；“小的儿子”是儿子，“小儿子”却成了孙子——由此似乎可以推论出，“小”是法国人给予的一份额外的爱怜。

一个法文词 femme，意思是“妇女，妻子”，外延很广泛，尊贵的低微的都适用。《高老头》里的许多个 femme，被傅雷分别译作女人、太太、老婆、娘儿们、婆娘、妇女、小妇人、少女、小娇娘、老妈子、小媳妇、妙人儿，等等。傅雷虽自谦“眼高手低，还没有脱离学徒阶段”“心长力绌，唯有投笔兴叹”，可一旦定稿决不许人擅动一字。看傅雷的脸就知道他的作风：铁骨铮铮，雷厉风行。傅氏学贯中西，又兼殚精竭虑，这样的炼字炼句岂容他人毛手毛脚!

女人是 femme，女人是 elle。Elle，法语的“她”，音韵上听起来就是对女人的轻怜蜜爱，婉转轻柔，爱护体贴。中文的“她”也很好，引人遐思。但我不知道该怎么用中文说“女人”，在非书面的场合。我生长的七十年代，“女人”有种贬义，电影里妖媚的女特务，烫发、斜睨、手指上夹烟的，那是“女人”。那时候普遍使用的“女同志”现在基本不用了，除了在工作会议上 :“我们单位女同志多，是个麻烦。”口语里常用的是“女的”，但只能说不相干的人，或女的自己说，否则就是个不大不小的侮辱。我们从西方借了“小姐”来，说“借”，因为我们想到的是欧化洋派的小姐，而不是古代绣楼里的小姐 ; 而近年，这个词也用不得了，尤其对年龄稍长，三十多岁的女士，完全找不到合适的称呼。

在某些时刻，是得借。苏文纨小姐在撩人的月色里低声命令方鸿渐 :“Embrass-moi ！”虽说处在热恋的心醉神迷里，她只能躲在法文里说这两个字，不仅仅是害羞的问题。用中文说“吻我”，就在二十一世纪也不叫话，这件事做得说不得。“吻”是中国古已有之的一个字吗？就算是，也不是做动词使用的吧。话本小说里把接吻叫“做个吕字”，虽然形象，却不诗意，它只证明了古代的国人也接吻的，与我们的想象相反。

苏小姐用的 embrasser，第二个意思才是“接吻”，第一个意思是“拥抱”。表示“拥抱”的词我们倒有很多，拥、抱、搂、揽，随分寸不同增加形容词，风情万种。黄沾作《思情》:“新月高挂，露湿雾重。酒酣耳热，春情轻挑。”又作《识情》:“初识春色，六魂无主。颠龙倒凤，红信轻吐。”嗳，他这一支笔呀。

“巴黎是好得来！”

我的普通话说得字正腔圆，让人听不出我是南人。当然，也不像北人。北方普通话有种特别淳厚的气息，由淳厚的北方男人说出来，十分受听。从前我听播音员把“因为”的“为”发成咬唇的 vei，宛妙有致，心中羡慕。尝试了一下，固美，却嫌过于标准地道，甚至超过了汉语拼音字母表的规定：本来没这个“v”么！把普通话说得像中央人民广播电台的播音员那么绝对，就只能用来播新闻了。在普通话里保留或吸收各地方言的词汇和句法精华，那一口中国话才叫摇曳生姿哩。

我在讲了十七年的宜昌话之后到武汉上学，武汉人都说我讲的是四川话。其实相距甚远，宜昌虽然也说“朗格”，却不说“啥子”。四川人说“要得”，“得”字陀螺似的在舌上一转，让人联想到吃花椒尖椒后的反应。我游过三峡，要在巫山上船，问几个在岸边忙活的船工，他们答：“对头！”我学一遍：“对头！”哈哈笑着跳上船。

我喜欢看冯巩演的天津版、瘦版张大民。大民妈听说女儿要嫁到山西，说："山西嘛地方！"——我笑到今天，也会学。去年到天津，我钻到文化街巷子里去听天津话，唉，那里的买卖人都讲普通话。我站在风筝魏门口看大风筝，猛不丁身后一个婶子叫我："姐姐！请问几点钟？"——哗，原汁原味的"姐姐"呀。

方言不是土特产，外国人也一样讲方言。有人把这道理运用到翻译中，收到奇效。张谷若先生译哈代作品，选择了山东方言对应哈代笔下的威塞克斯乡民的语言。乡下姑娘苔丝本来满口"俺"长"俺"短，出门找活儿干，认识了一些人之后，"俺"字消失了。一部美国小说 *Gentlemen Prefer Blondes*，用第一人称讲两个掘金娘子的故事，因主角没受过教育，文字上常有拼音和文法错误。译者邵洵美先生匠心独运，语言竟用苏州白，第一章的回目"Paris Is Divine!"给他译成"巴黎是好得来！"真是语惊四座，令人拍案叫绝。

美国人富兰克林有一句名言："If we don't hang together, we shall hang separately."这句话里的两个"hang"是一词多义，幽默双关，前一个是"团结"，后一个是"被绞死"。这句话直译是：如果我们不能团结在一起，必然会一个个被绞死。因为中文里找不到对应的双关词，他的语妙天下便不能为中国人所会心。1987 年有人提出一种译法："咱们要是不摽到一块儿，保准会吊到一块儿。""摽"字是北京方言，字典上的解释是：由于利害相关而互相亲近、依附。译者能找出这么个字来和“吊”押韵，的确难为他，然而此译虽巧，却与原文神气大异：原文掷地有声，诙谐是为了严肃，富于警策之力；译文却失之油滑，不像出自领袖人物之口，尤其不适宜引用。一位叫马红军的青年学者新近提出两种新译法：

一、我们必须共同上战场，否则就得分别上刑场。

二、我们必须共赴沙场，否则就得分赴法场。

我实在觉得好！第二种又比第一种好，不仅是短，更有力，而且“法场”比“刑场”更幽默——“分赴法场”是个啥效果！

四海之内皆兄弟

英语系的干事小王虽是工人编制，但因为在英语系干事，也颇能讲几句英语了。尤其是表示肯定或赞同的口头禅“Yeah”，他讲得最地道。问他明天开不开会？——Yeah！交不交工作量评估表？——Yeah！岗位津贴什么时候发？——I don’t know，他不知道。还有一个口头禅他是从港片里学来的，因为系里的老师不说这个字：Shit！——即“屎！”，既是音译又是意译，用来驳斥某人的胡说八道。

我看翻译的书看到个段子，几乎笑死。是《水浒传》中的一段：“……武行者心中要吃，哪里听他分说，一片声喝道：‘放屁！放屁！’”赛珍珠把这“放屁”按字面意思直接翻译过去，还同样重复两遍：“Pass your wind —— pass your wind!”这样武松的呵斥责骂就变成了命令——武松要吃酒，却勒令面前的小二“把屁放出来！把屁放出来！”啥效果哟，可怜咱们施耐庵大师，文采斐然之处不可避免要被翻译流失，而在这么简单的两个字上居然还翻了船。其实这两个字，恰好等于英语中那个“Shit!”

赛珍珠的中文英文水平都不可能是坏的，是不是她翻译这句话的时候睡着了。我刚上大学的时候很幼稚地买过一本励志的书《获诺贝尔奖的女性》，其中就有赛珍珠。赛珍珠自幼生长在中国，中文是她的第一语言而英文退居第二，连她的名字也是模仿清末名妓赛金花而起。赛珍珠“由于她对中国农村生活所作的丰富而生动的史诗式描绘，以及她的传记性杰作”获得诺贝尔文学奖，当时她自己也不相信，而且至今也还有不少人认为她得奖是个错误。

我念大一时的英文课本上有一篇阅读材料，配了一幅图：一个拖长辫穿长袍的中国人提着一叠纸进得门来，屋里炕上躺着他的女人和小孩。材料上讲，王龙得了头生儿子，他买鸡蛋，买染鸡蛋的红纸，买红糖，买香烛……这样的内容用英文写出来给人感觉很怪异，后来我知道这就是赛珍珠写的小说《大地》。王龙是个勤劳朴实的农民，娶了个地主家的丫头为妻，靠劳动加上剥削发家。后逐渐堕落，嫖娼纳妾，厌弃发妻。晚年时唯一的心思便是守住家业，告诫儿子们千万不可卖地，因为地是命根子……该书出版后在美国大受欢迎，而在中国，许多知识分子认为书中的描写既不真实也不深刻。鲁迅先生说：“她自谓视中国如祖国，然而看她的作品，毕竟是一位生长中国的美国女教士的立场而已。她所觉得的，不过一点浮面的情形，只有我们作起来，方能留下一个真相。”

《大地》如同风行的唐装，抹杀了历史的细节的真实，提供了一个大概的中国东西让美国人惊奇。

地道的中国名著《水浒传》有几种译本，书名都译得不同。把几种不同的英译书名再直白地倒译回来，分别是：水边、沼泽中的英雄、沼泽中的逃犯、一切男人都是兄弟。第四种是赛珍珠译的，倒是颇为别致，抓住了原著的几分精神。把这倒译再作点润饰，便是“四海之内皆兄弟”。

/ 辑四 / 读严记

白蛇严歌苓

阅读严歌苓，要从《白蛇》开始。1998 年我读到它，惊为天人，当时我说："严歌苓不红，天理不容。"这句话在流传过程中句号变成了惊叹号，人们还替我加上注解：某人"愤愤不平地说"。愤愤不平属于理解中的偏差，我的着力点在于表达方式，我晓得那样说话最具效果。果然，那句话在严迷圈中叫响了，并且得到应验。当今的严歌苓如此这般地红透大半边天，也不是我那句话的意图，我的意思只是想说，严歌苓写得太好了。我跟读她十多年，迄今仍然把《白蛇》列为严氏小说第一名，因为它是"最严歌苓"的小说。

这个小说非严歌苓不能写，也非当年的严歌苓不能写。1998 年，在地球的一个角落，她还寂寞着，她三十九岁了。她每天寂寞地失眠，从太平洋的西海岸到东海岸，最长的一次失眠了三十九天。睡眠，在夜里是个岛，人人都渡过去了，剩她一人，渡不过去。睡不着怎么办呢？她爬起来跳舞。她曾是多年的舞蹈演员，后来发现自己的头脑比四肢更好用，遂以笔尖代替足尖，在纸上跳舞。凌晨四点了。此刻的黑夜已不那么黑，黎明的白开始微妙地渗透，它是黑夜与白天的交界，天空与大地，美妙苍茫，许多幻影稍纵即逝。“这是一个最具有魔幻之美的时刻”，严歌苓喜欢的萨默塞特·毛姆说。她幻想中最美的一切纷至沓来：舞蹈，爱情，女人，男人……它们由天机神工组合，成了这篇《白蛇》。

严歌苓：《白蛇》序

写作《白蛇》那段时间，我被失眠消耗得心力交瘁……因为失眠，我总是清晨四点动笔。那时住在离旧金山海湾不远的地方，周围很静谧，似乎连海浪的声音都听得见。孤独是无奈，引起的只是委屈，毫无诗意。我在极度不自信的感觉中把故事往下进行。失眠摧毁自信心是最有效的。七十年代中我听了这样一个神奇的故事：一个著名演员和一个“外调员”有了私情后，突然疯了。没有人见过调查员的面貌，因为他始终戴着口罩。唯一知道口罩下面真相的只有女演员。这位伪装的“外调员”后来消失于茫茫人海，把谜底封存在女演员那段狂乱的心灵史里。无人可以揭示。我企图给予谜底一种揭示，这揭示过程使我原本就脆弱的精神更加不堪一击……

孙丽坤

孙丽坤当然不是杨丽坤。最早刊发《白蛇》的《十月》杂志甚至在篇尾打括号附加了一句说明："小说纯属虚构，读者请勿对号。"作为一家高规格的、严肃的文学期刊，《十月》特地附加这句常识性说明，实属谨慎。正好比小说《白蛇》中有"官方版本""民间版本""不为人知的版本"，杂志要面向广大的民间，必须对民间口舌的芜杂、读者理解力的参差有充分的预料和准备。我们不能要求所有读者对小说的理解都如小说家王安忆的解说那样精妙："小说不是现实，它是个人的心灵世界，这个世界有着另一种规律、原则、起源和归宿。但是筑造心灵世界的材料却是我们赖以生存的现实世界。小说的价值是开拓一个人类的神界。"孙丽坤的故事局部来源于杨丽坤：一个著名女演员，在"文革"中遭受迫害而精神失常。她为什么疯，有人知道，写《白蛇》的严歌苓却未必知道。严歌苓曾说，一个作家选择什么题材去写，是不由自主的，也可能是他的故事选择了他：根据他的世界观、道德观和审美观，选择他作为它的母体，得到孕育和壮大，以至最后产出。她选择杨丽坤的故事来孵化，产出的是孙丽坤的故事。孙丽坤为什么疯了？严歌苓苦思冥想，进入她的神界。

舞蹈演员孙丽坤因扮演白蛇而红极一时。“文革”期间被关押两年后，一个不食人间烟火的仙女变成了市井泼妇，每天和楼下的建筑工人们抽烟斗嘴骂街，甚至耍大腿给他们看。多年后她自己也笑，说那时的她像口猪。人啊！能活过“文革”实属不易，最耐磨的是人的血肉之躯，最不耐磨的是人的精神与神经。

……实际上孙丽坤一发胖就成了个普通女人。给关进歌舞剧院的布景仓库不到半年，孙丽坤就跟马路上所有的中年妇女一模一样了：一个茧桶腰，两个瓠子奶，屁股也是大大方方撅起上面能开一桌饭。脸还是美人脸，就是横过来了；眼睫毛扫来扫去扫得人心痒，两个眼珠子已经黑的不黑白的不白。

孙丽坤上的那个厕所只有一个茅坑。女娃们总是一条粗腿架在门框上，大棒子斜对角杵着，这样造型门上就弄出一个“×”形封条。孙丽坤起初那样同看守女娃眼瞪眼蹲一小时也蹲不出任何结果，她求女娃们背过脸去。她真是流着眼泪求过她们：“你们不背过脸去，我就是憋死也解不下来！”女娃们绝不心软；过去看你高雅傲慢，看你不食人间烟火不屙人屎，现在就是要看你原形毕露，跟千千万万大众一样蹲茅坑。孙丽坤学会若无其事地跟女娃们脸对脸蹲茅坑是1970年夏天的事。她已经蹲得舒舒服服了，一边蹲茅坑一边往地上吐口水，像所有中国人民一样……

有一天，来了一个清雅的青年。他说他叫徐群山，是中央来的特派员，专程来调查孙丽坤的案子。他每天来看她，和她谈话，如此持续一个月。随着他的到来，孙丽坤的精神面貌开始发生变化……

徐群山

有种不合时宜、不伦不类的氛围在这青年的形象和气质中。他眼神中的一点嘲笑和侮辱，使所有人都觉得他有来头。他有双女性的清朗眼睛，羞涩在黑眼珠上残酷在白眼珠上。他在看孙丽坤时用黑眼珠，看建筑工们用白眼珠。

青年骑了一辆车，飞鸽跑车，通体锃亮油黑，半点红绿装饰都没有。他一只脚支在地上，另一只脚跨在车上。人们注意到他那宽大的裤腿怎样给掖进牛皮矮靴，那清秀中便露出匪气来。青年抬手将帽檐一推，露出下面漆黑的头发。他们想如此美发长在男人头上是种奢侈。它不该是男人的头发。他戴着雪白的线手套，用雪白的手指一顶帽檐；气派十足，一个乳臭未干的首长。那个食指推帽檐的姿态从此就长进了孙丽坤的眼睛，只要她把眼一闭，那姿势就一遍遍重复它自己，重复得孙丽坤精疲力竭。

海市

“我们或许颇相同：为一份天生的、并不明确要施予谁的情感度着生命。”

《学校中的故事》中的这句话使我更加认准严歌苓。我读到这一句就知道，我和她，是一样的人。这句话比后来《灰舞鞋》中的另外几句好些：“小穗子是永远处在感情饥饿中的一类人……感情过剩，死心眼，总得有个谁，她可以默默地为他燃烧、消耗。这个经过恶治而不愈的害情痨的女孩。”意思大体一样，前一句更简练优美，顾影自怜，不管旁人。而这一意思，就是《白蛇》通篇的内核，《白蛇》的大部分篇幅，在我看来都是在敷演这个问题：

女人到底要什么呢，爱情，还是爱情的幻想？

女人爱一个人的方式常常是这样的：她一点儿也不真正了解他，而纯粹用幻想来填充他。她满足于自造的影像而放弃探究其本质。所以，每一个“他”都貌似汇集了种种机缘与优点的必然，其实只不过是她在人生驿站中碰到的偶然而已。在女人的一生中，“他”一再地走进视野。可每次当她满怀狂喜地朝他奔去，终于接近时他却变作一具完全陌生的躯体。

他完全不是那个人。在终于抵达的那一刻你会知道。抵达就是结束，就是梦醒，而此前，那个做梦的过程，多么美啊！女人如此需要爱情的幻想，一生都需要，玛格丽特·杜拉斯说：“爱之于我，不是肌肤之亲，不是一蔬一饭，它是一种不死的欲望，是疲惫生活中的英雄梦想。”“文革”中的孙丽坤，荒凉绝望丑陋孤独，在这样沦落、败落的女性生命中，唯有对爱情的幻想能将她拯救，使她重新焕发光彩。而不论她幻想的实体究竟是什么，都不重要——管它是什么呢？女人要的就是虚幻，不是实体。只有虚幻才值得她爱慕，没有一个实体的男人不在这虚幻前落败。

一个如此的青年，出现在她如此荒凉的舞台上。

徐群山。群众的群，祖国山河的山，他说。声音不壮，和他人一样，翩翩然的。跟中央人民广播电台的播音员一样，每个字都吐得清洁整齐，这样纯粹的抑扬顿挫。

就剩下他和她两人时，他一根指头一根指头地拔下白手套，露出流畅之极的手指线条。她从来没见过男性长这样修长无节的手指。

她迷恋上他咳嗽的样子：一只手握成空拳轻轻抵在嘴唇上。那种本质中的羸弱和柔情遗漏了一瞬，就在那咳嗽中。已经想不起来，这年头谁还会这样清雅地咳嗽。

他是谁呢？不知道。反正他每天来，看守的女娃们叫他首长，剧团领导也不敢怠慢。他才只二十岁，神貌似与时代脱节，他举止斯文，携带着一股文明的气息，使得女娃们见到他时不自觉地收敛起一向引以为傲的粗胳膊粗腿大嗓门。孙丽坤渐渐习惯他每天来。她对他说起傻话：你要是天天来，我给关在这里一生一世，也没意见的。

不管他是谁。他是个少年得志的首长也罢，一堆岁数一堆罪名的她怎么够得上这样一个人，这够不着的焦虑益发抓紧她的心灵，使她更爱。假如他不是，假如来历不明的他其实是个罪犯，她也一样会爱，她与他同是天涯沦落人。爱起来，天边就出现了一片海市蜃楼，那是给恋爱中的女人看的。

管他是谁呢。甚至，即使，哪怕他根本不是个男人都行。

白蛇

她走出角落重新登场时非常地不同了。一种神秘的、不可视的更换就在那片阴暗中完成。她原有的美丽像一种疼痛那样再次出现在她修长的脖子上，她躲闪这疼痛而小心举着头颅。她肌肤之下，形骸深部，那蛇似的柔软和缠绵，蛇一般的冷艳孤傲已复苏。

每天半夜，她偷摸起床，偷摸地练习舞蹈。这时她从投影上看见舞蹈完全地回到了她身体上。所有的臃赘已被削去，她的意志如刀一般再次雕刻了她自身。她缓缓起舞，行了几步蛇步。粉墙上一条漫长冬眠后的春蛇在苏醒，舒展出新鲜和生命。

每天半夜，孙丽坤独自起床，重拾属于她的舞蹈。每天半夜，严歌苓独自起床，重拾属于她的舞蹈。“十多岁了我睡觉还把一条腿绑在床架上。人家两条腿撕成‘三点一刻’，我撕成‘十点十分’。你看，那些苦都长到它里头了。”说这话的是谁？是孙丽坤，也是严歌苓。白蛇就是她，她就是白蛇。她能让她的腿无极限地柔韧，无限地延伸。她能让脖颈和腿盘成环，形成不可思议的螺旋。1998 年的我在笔记本上抄写《白蛇》。抄得亦步亦趋，到多年后的今天才发现，此处的“三点一刻”该是“九点一刻”才对。严歌苓，她做什么都比别人狠，别人的两条腿撕成九点一刻，她撕成十点十分。别的舞蹈者只用舞蹈去活着，如孙丽坤，她活着，但不去思考“活着”，她舞蹈着的手指尖足趾尖眉毛丝头发梢都灌满感觉，脑子里却空空如也，远远跟在感觉后面。严歌苓不是，她舞蹈的同时也思考着，她的舞蹈会思考，她的思考会舞蹈。所以她可以同时变身为徐群山，在旁观孙丽坤舞蹈的时候产生如下的感悟：

>……可以断定这个感觉成熟到极点的女子智力还停留在孩童阶段。她的情感是在她知觉之外的，是自由散漫惯了的。她不意识到她已舞蹈化了她的整个现实生活，她整个的物质存在。她让自己的情感、欲望，舞蹈。舞蹈只有直觉和暗示，是超于语言的语言。先民们在有语言之前便有了舞蹈，因它的不可捉摸而含有最基本的准确。他在孙丽坤灌满舞蹈的身体中发掘出那已被忘却的准确。在那超于言语的准确面前，一切智慧，一切定义了的情感都嫌太笨重太具体了。那直觉和暗示形成了这个舞蹈的肉体。一具无论怎样走形、歪曲都含有准确表白的肉体。徐群山知道所有人都会爱这个肉体，但他们的爱对于它太具体笨重了。它的不具体使他们从来不可掌握它，爱便成了复仇。徐群山这一瞬间看清了他童年对她迷恋的究竟是什么。徐

群山爱这肉体，他不去追究它的暗示，因为那种最基本的准确言语就在这暗示中，不可被追究。

去年底严歌苓回国，我告诉她我想给《读库》写一个稿子叫“舞者严歌苓”，这题目与《读库》做过的“青衣张火丁”恰好对仗。她在电话的那头大笑着说：“青衣张火丁，白蛇严歌苓。”她的语气着重落在“白蛇”两个字上，一直掩藏着的得意就此遗漏了一瞬，被我捕捉。她真是个妖精，我早晓得。

虚构与概念

1990年，严歌苓进入哥伦比亚艺术学院小说写作系，学习怎样写小说。课堂上，教习写作的教授们招魂一般，对着即席写作的严歌苓们神神叨叨地念咒：“看着它，看着它，让它发生……”小说纯属虚构，子虚乌有。运用你的想象，运用你的视觉意象，运用你的笔，凌空蹈虚，让“它”在你的乌托邦中发生。

严歌苓就拿杨丽坤的故事做实验，让人猜：你们说，那个戴着口罩来探望女演员的人是谁？那究竟是个什么人，让女演员发疯了？然后她自己给出谜底：那不是个男的，那是个女的！这谜底简直要吓人一跳，过分离奇，悖于常理。她设计的《白蛇》故事梗概是这样的：

一个从小迷恋女舞蹈家的女孩，女扮男装去拯救在“文革”中落难的女舞蹈家，舞蹈家爱上了她扮演的“他”，恢复了被丢弃的自尊和对生活的热爱，两人一度发展成同性恋关系。——这是个什么故事！情节荒诞不经，完全不可能发生，要把它写成小说难度该有多大。而这个难度，正是对想象力的挑战，凡事皆有可能发生，只是你必须把谎编圆，把虚假写至逼真。严歌苓特别善于写不正常的故事。什么乱七八糟的故事被她一写，就变成棒得不行。

《白蛇》被人称为“最干净的同性恋小说”，这个说法起先令我意外，因为它恰巧落在我的盲区里。我初读《白蛇》的时候，对其中同性恋的成分完全无视。我明明看见小说在写女人，写女人的情爱心理。女人就是要那个美丽的虚幻啊。可是，男人总是不肯成全。肯陪着女人做梦，与她进行一场理想的恋爱的，只会是一个女人。这个结论，荒谬吧？但它却是许多女人的共识，引发大量的女性共鸣。只有女人才会如此懂得女人，才会彼此惺惺相惜。每次你想跟个男人谈场恋爱，结果总是在女人那里得到了安慰。

在我看来，《白蛇》的故事是一体两面：正面是异性恋，在孙丽坤这边；背面是同性恋，在徐群珊（山）那边。对孙丽坤而言，同性恋是她无意的走向和卷入，按学术术语，她是个“偶然性倒错者”，她全身心地期待一场对手当然是异性的恋爱，真相揭开时她正当意乱情迷，无法抽身而退，为此她付出了精神错乱的代价。从震惊着的非同性恋者孙丽坤的立场看过去，同性恋是怎么回事：

> ……她体内的痉挛一阵小于一阵。她突然意识到自己还裸露着。她想跳起去抓摊散一地的衣服，同时悟到：既然这里没有异性，她还有什么必要遮掩自己？接着一个相反的醒悟闪出：既然面对一个同性，她还有什么必要赤裸？赤裸是无意义、无价值的，是个乏味的重复。走进公共澡堂子，在成堆的同性肉体中，在那些肉体的公然和漠视中，她个体的赤裸化为乌有。她苦思一个同性的手凉飕飕地摸上来意味着什么。她苦思什么是两个相同肉体厮磨的结果。没有结果。她对不再叫徐群山的年轻的脸啐了一口。

孙丽坤无法理解，她的思考没有出口。同性的纠缠令她错乱，不过错乱之后，她真的与这个珊珊彼此爱了起来。

同性恋出现在《白蛇》中也绝非偶然。严歌苓写作它是在旧金山，旧金山有 20% 的人是同性恋者。试想把在美国司空见惯的同性恋嫁接到 1970 年的中国，当时的中国人对此几乎是蒙蔽的，大家都不知道还有这么一回事，古代的所谓男风，也成了被忘却的汉唐遗风。某些外表不男不女的人，大家都见过，这是否昭示了他们隐蔽的性向，我至今也不知。所以徐群山要和孙丽坤找个地方搞腐化，群众决不答应，但徐群珊要和孙丽坤勾肩搭背钻树林子，随便她。女人跟女人有什么搞头？眼睛雪亮的群众可是扒下过徐群珊的裤子检查了的，确实是个女的，不是个男的假装的，那就随她们去吧。

但是为什么非要下个定义，是同性恋还是异性恋呢？同性恋或许是个禁忌，而给《白蛇》加标签为“同性恋小说”，反而是被禁忌牵着走向了偏斜。早在1992年的《学校中的故事》中，严歌苓就表达过一种“无属性的爱”的概念，它难以在这物质的世界上存在：

> 在人们眼里，世界就这么物质;是物质就有属性。同性、异性、这性、那性。你想把这些性都弄含混，从之间找出个感觉；你想只有那个感觉，不要“性”，那不行。人们就来提醒你，你爱错了。你的爱要没有属性，就错了。

她还在《人寰》里说，对于情感而言，一切定义都嫌太笨重、太具体了。她又在《白蛇》里写道，舞蹈着的肉体由直觉和暗示构成，在它所含有的超于言语的准确面前，一切定义了的情感都嫌太笨重太具体。陪伴白蛇的徐群山，也是一个女子。女子的爱常有超乎肉欲的轻灵，不具体、不笨重，为男性所不能设想，所以这个叫徐群山的青年，完全不像孙丽坤曾经历过的那些男人那样，“浑身散发刺鼻的欲望”。“他”，从不像他们那样。

徐群山是一个最理想的男子，只可惜他不是真的男子，他只有一副女儿身。那么就不要去想他的性别，感觉对了，就是爱对了，你可千万别拿些流行的概念往他身上套，比如什么雌雄同体。

原型与变形

我从严歌苓的“穗子系列”之《拖鞋大队》里找到徐群珊的原型，她是穗子童年时的玩伴，她叫耿荻。耿荻是将军的女儿，十三岁半，穿一身学生蓝，文雅而有上流社会的教养。但她像个男孩，大家都觉得她是个梳两条辫子的男孩，她那两条辫子非常多余且不着调，要没有就对了。耿荻照顾着维护着帮助着那一群臭黑帮知识分子的女儿，是她们所有人的靠山。耿荻身手很帅，两条长腿一剪就能上台，将欺负女孩们的红卫兵擒拿。她时常微微皱眉，忍受女孩子们的头发长见识短、鸡零狗碎、胸无大志。耿荻有着凌厉的单眼皮，骑一辆自行车，轮流坐她后座的女孩抱紧她的腰，都暗自希望她是个男的，只可惜天下没有那么好的男的。耿荻最后对恩将仇报污蔑她的女孩冷冷回一句“小贱人”，细眼也不瞅她，扭头便走，这与平静冷淡地吐出“畜生”

两个字的徐群山一式一色。耿荻是徐群山的雏形。

她长大了就是徐群山。她已克服了少年时内心里对自己异常心性的恐惧，对此坦然，时常以男装示人。她的男装扮相，集儒雅、狷狂、清俊、温婉于一身，对孙丽坤乃至看守她的女娃们都造成了魅惑。徐群山。单人独骑，行踪无定。两道剑眉难得动容，单眼皮敏感冷傲，他冷冷的情调让人爱得满心作痛。当时的时代背景，是“文革”，举国混乱；徐又确实是个“干崽”，拥有某些特权和便利。混乱的环境给人帮助，徐伪造文件，伪装成特派员，天天来独自调查孙，都被环境所允许。本来不可能的，在严歌苓笔下样样都变作可能，并合情合理地向前推进。

严歌苓经常说“荒谬”，也经常说“误差”。耿荻的两条辫子，是她形象中的误差。徐群珊化身而成的徐群山，从形到神都具有异样的风范，给时代中的人们带来荒谬的内心感染。他那种“本质的、原则的气质误差”，既包含了文明气息，也包含了“他”其实是个女性的事实，孙对徐的牵念包含着差错，等待揭穿。在揭穿的前一刻，将要坐到他身边去的孙丽坤“看见什么东西非常沉重又非常荒谬，就在他黑而长的眉梢上”。

接下来，故事的高潮即将来临。孙要向徐献出自己，徐则要向孙揭开自己性别的秘密。可是那场面太难以描述，尤其难以描述得

“美”！前面一直都很美，现在濒临断裂。孙丽坤也知道，她一旦那样接近他，就是末日了。

她整整一夜都在温习他的手留给她的丝绸感觉。那柔软凉滑的丝绸感觉。她从来没触碰过这样小巧纤细的男性的手。那手背，那手掌，那流动的手指。她确信他会弹钢琴，会吹奏长笛，有那样的手！明天是最后一天。末日来了。

她一夜未睡想着她的末日。从没见过比徐群山更男子气的男子，她从未见过比他更温婉的男子。她却知道末日就是末日，自己一点指望也没有。她想起他每一瞥目光，每一蹙眉头，每一个偶尔的笑。她怎么会够得上这样一个人？过去没了，未来也没了，只有一堆岁数一堆罪名。

她爱上了这个穿将校呢军装的青年，在末日的除夕……

如戏

将来她回忆起来，会清楚地记得，是她自己解开第一颗纽扣的。她脱下年代悠久的印度红毛衫，给出去她肉铸的舞蹈者雕塑。

任她去否认去拒绝看清真相，真相还是渐渐显形了。

真相在逼过来，在质感起来，近得可触。她的半生半世中，没有任何事物存在真相——舞蹈的真切在于缺乏真相。

她却怎样也避不开了。怎样不想看清她都不行了。太晚。满舞台的误差，没有机会挽回。冥冥之中她知觉的那个原则的差错已在她的识破中。

她这三十余天三十余个夜晚，每分钟每秒钟砌起的梦幻砖石，她竟不可依靠上去。那夜夜练舞，那自律节制，那只图博得一份欢心的垒砌，竟是不可倚上去。

徐群山清凉的手指在把她整个人体当成细薄的瓷器来抚摸。指尖的轻侮和烦躁没了。每个椭圆剔透的指甲仔细地掠过她的肌肤，生怕从她绢一样的质地上钩出丝头。

她闻着将校呢军装淡到乌有的樟脑味和“大中华”烟味。毛料的微妙粗糙，微妙的刺痛感使她舒适。她可以在那貌似坚实粗糙的肩膀上延续她的沉溺。她一再阻止直觉向她告密。

一切却都在逐渐清晰。一切已经不能收拾。

她揭下那顶呢军帽。揭下这场戏最后的面具。她手指插进他浓密的黑发。那么长而俊美的鬓角，要是真的长在一个男孩子脸上该多妙。

徐群山看见她的醒悟。看见泪水怎样从她心里飞快涨潮。

她的手停在他英武的发角上。她都明白了。他知道她全明白了。但不能道破。谁也不能。道破他俩就一无所有。她就一无所有。

梦要做完的。

三十四岁的女人渴极了的身体任徐群山赏析、把玩、收藏。

眼泪从她眼角流出，濡湿徐群山那该属于美男子的鬓发。

“我很小的时候就特别迷你。”他尽量不露声色。把角色演完吧，“十一二岁那年。”

她听这句话已经听得要疯了。没有这句话，整幕丑剧是不是没有主题？没有这句话，整张无心而经意编织的网是不是就没有缘起？从蒙蒙泪水里看去，那张男孩气的俊秀面容中仅有一点点邪恶和狰狞。她已给了出去。她顾不上作呕。只为一切结束前，只为末日完美地逝去前一切就露出谜底而悲伤。

这么一长段我都会背。因为我反复地读，无声地吟诵，跟上了它的节拍。这完全是舞蹈的语言，回旋反复，一唱三叹，乐感强烈。乐感由经常性的反复造成："三十余天""三十余个夜晚"；"那夜夜练舞""那自律节制"；"她竟不可依靠上去""竟是不可倚上去"。"毛料的微妙粗糙"与"微妙的刺痛感"刻意地部分重复，同又不同；"沉溺"与"告密"押韵；两个"一切"句也仿佛对句，有上句必有下句。还有"她俩就一无所有""她就一无所有"；"没有主题""没有缘起"……米兰·昆德拉说，重复是音乐作曲的原则。重复也是组合舞蹈语言最原始最简便的方法，可加深印象和力度，有单一重复、组合重复、舞句重复、舞段重复，又可分为连续重复与间隔重复。严歌苓的语言为舞蹈所塑形。她仍是个舞者，意念动处，文字随之起舞。

这是《白蛇》中最美的一段。无法形容、难以启齿的场面，被严歌苓写得丝丝入扣、质感可触、美不可言。她运用了舞蹈，以抒情来代替叙事，从而这幕场景就如同一场戏。一个舞蹈者在她的重要人生场景中运用舞蹈表达情感，是自然而然的，抒情的戏剧化成分也将读者带入戏，读者不再认为这场戏有什么不可能，于是情节中的最后一丝勉强都被清除了。孙在戏中，徐在戏中，读者也在戏中。徐的性别的揭穿又让戏里戏外的女性无奈而悲凉，戏终人不散，她们犹自沉醉在戏中。

爱情是美丽而诗意的，只有美丽而诗意的语言才能描绘。爱情本身又是如此可望而不可即，给予我们永恒的哀伤。《白蛇》的结尾多好：

数年后，孙丽坤去参加徐群珊的婚礼，珊珊送她出来。“她要上公共汽车了，见她还站在那里，手插在裤兜里，愣小子那样微扛着肩。徐群山，她心里唤道。”徐群山，女人生命中的海市蜃楼，可他只是个虚幻。世上本无徐群山。所幸我们有严歌苓，我们所有的渴望与哀伤，都在她的舞蹈般美丽的语言诉说中得到救赎。

爱

《白蛇》的英译者是严歌苓的丈夫 Lawrence Walker，也就是她的 Larry。Larry 深受严迷喜爱，因为他俩的婚姻是一则佳话，为人传诵：时任美国外交官的劳伦斯·沃克，为了与来自社会主义国家的严歌苓结婚，辞去了外交官职务。在此之前，他俩的恋爱惊动了美国国家安全部门，FBI 甚至对严歌苓进行了测谎。这些多像电影情节，多浪漫，众严迷津津乐道。

可他们俩是怎么过日子的，你未必知道。

“我脚痛，我头痛，肚子痛，我渴了，我饿了，我恶心了，我想上厕所，我想回家，我想回中国，我想回美国。”——这是严歌苓的“多种矛盾的怨诉”，由每天听它们的 Larry 编辑合成。严歌苓的前夫听得有趣，说：Larry 现在就得忍受这个呀。歌苓没有一天不出状况，Larry 为她的各种病痛随身准备了半个药房。他唯一不带的是安眠药，在这一点上，他的直觉惊人地正确。严歌苓吃了十多年的安眠药，直到碰到一位美国医生，认为她不是失眠症，而是躁郁症，建议她改服躁郁症的药，于是失眠霍然而愈。这是写完《白蛇》之后几年的事了，此前，朋友们都知道严歌苓极度失眠，总琢磨着上哪儿给她弄更好的安眠药去。Larry 不是医生，他凭着爱与关怀，预见性地把事情做对了。

Larry 是严歌苓的秘书，替她打理一切事务。你打电话说事，如果恰巧是严歌苓接的话，那叫恰不巧，她会什么都答应，但全部不记得。要 Larry 接才作数。他会做到什么程度，你看他自己用中文写的：

> ……到了约会当天，如果很重要（譬如我费了很多力给她约定到医生处去咨询），我会在早上上班之前在饭桌上给她留一个字条，把她手提电话也放在旁边，等她起来了以后会发现。如果是她头一次去的地方，我会在办公室的电脑上打出从网络下载的方向和小地图，用传真发到家里。在她差不多该离开家的时候，我会再给她打个电话提醒。怕她万一走失，这期间我最好坐在电话旁边，随时保留传真过了的地图。果不其然，她用手机给我打电话来了，说她刚下了地铁，地方都找不到，烦死了，马上要转身回家，那时我就问她在哪条街和什么路口，在电话上按地图给她

指路，一直到她到达地点，才放心地挂断电话。

他爱她。他很爱她。这个男人，too good to be true。

Larry 很崇拜严歌苓。好像是很早就开始了，懂中文的他很欣赏她的作品。他翻译她的小说，平均每页要查二十到三十个词。不查也可以，但他说那情形就“很像用个小黑白电视看一个好导演的应该放在大银幕上的彩色电影”。有的地方他不太明白，想问问歌苓，歌苓对他十分不耐烦：“问什么问，自己看！”他只好自己看，自己琢磨，DIY。我们且看精通八国语言的 Larry，他的语感如何了得：

“她那水蛇腰三两下就把男人缠上了床。”“她”，就是孙丽坤啦。前著名舞蹈家，“反革命美女蛇”“国际大破鞋”，男人们传说她有一百二十节脊椎骨，想她往你身上怎样缠，她就怎样缠……这个“三两下”怎么翻译呢？ Larry 译成“in no time”：没有时间、不花时间。“That water snake waist of hers got the men coiled up in her bed in no time.”——完全不需要时间，她就把男人缠上了她的床。多妙！难怪他是严歌苓的丈夫。

不过，即便在周末，从早上起来到下午三点，Larry 在家里也只能看歌苓的写作背影，她不跟他讲话。他在想什么呢？这是他的妻子。她多美，多高超，多神奇，又多自律啊，简直令人难以置信。Oh she is so beautiful, sophisticated, fanciful and fascinating, yet so self-disciplined as well. She is incredible.

她的背影给他一个距离感，她是他的海市蜃楼。

2011 年 7 月 18 日—21 日

魔旦严歌苓

《魔旦》是严歌苓 1999 年的作品，跟在《白蛇》与《扶桑》之后，所以它与这两篇有着某种关联。它与《白蛇》颇有些共同的情节元素：戏台、演员、台下的戏迷对台上的戏子的迷恋——同性的恋，戏子对戏迷回报的恋，以及自身固有的异性恋。这些元素被置换到美国的早期华人移民史上，小说就有了完全不同的主题和走向，性恋的故事奇异地伸展，负载着早期华人移民的命运。《魔旦》的素材又像是《扶桑》的余料。严歌苓为了写《扶桑》，借她美国丈夫的帮助用电脑、显微机挖地三尺，在旧金山各个图书馆掘出一百六十多部无人问津的圣弗朗西斯科华人史书，足足做了几年的功课。她也常去《魔旦》中写的那个“中国移民历史展览馆”——它坐落于街道之下，绝大多数人会错过它的入口，她一脚踩虚，落进一个仿佛是下水道出口的地方，而阶梯陡然一拐，原来里面是个小展馆。从此她就每周来一次，翻阅馆内长久被灰尘和霉菌占领的旧书报，看旧图片。图片上常常出现一个阿玫，他是二十世纪三十年代唐人街的一个戏曲名角，他渐渐成为她注意搜寻的人物。看守展馆的老人问她，怎么会想起来找阿玫，她答：我迈进这个展览馆时并不知道要找什么。阿玫，还有扶桑，都是偶然撞进严歌苓的视觉里来的人物，他们被她看见，就即将转世重生。

魔幻，fantasy

不包括前期准备，一部《扶桑》19 万字，写了三个月；《魔旦》只 1 万多字，写了两星期。前一个写作时间属于正常，后一个却是罕见。严歌苓写起东西来是六亲不认的。二十多年来的每个上午她都雷打不动地坐在那里写作，背对着全人类。早年在国内，一部《雌性的草地》她“写坏了脾气、胃口，以及与母亲的关系”；写《魔旦》时，一位朋友从中国来，她没有陪。她正和阿玫在一起。她自己就在这小说里。她想找一种叙述方式：“交感的，复式的”，通过她自己的移民心理经验去感验上世纪三十年代，甚至更早期的移民人物——

> 我在《魔旦》中是替那些人物们感受，行为的。我了解我自己的情结：种族、文化、客与主，等等。我的情结是一代代移民们不能解脱的情结。因此小说中人物的心理世界既是客观的，也是我的主观。同样的情结贯穿了我们，

> 使他们作为我在行为，使我作为他们在思考。……稍不当心，我和人物就停止相互渗入、相互感应了。我想成为他们时代不可视的一个参加者，是他们生活中“未来时态”的幽灵。

她达到了目的，《魔旦》果真有一股“魔”的味道，读它的人都嗅到了。我以为这个小说写得轻松，好像随心所欲，严的魔力精妙地操控着一切，谁知她却是吃力的、耗损的，就跟阿玫一样：“根根手指的功夫都到了。”所以看作者严歌苓也就如同看旦角阿玫：“他的样子，一招一式实在太出众了……看了阿玫的兰花指，别人的就没法看了。”

十九世纪中后期，中国的男性旦角登陆美国，令西方对中国的误解与猎奇进一步被推向疯狂。《魔旦》故事的发生地在旧金山，那里是同性恋者的欢乐谷和大本营，他们视线中的中国男旦阿三、阿陆、阿玫，愈加魔幻。男同性恋者奥古斯特被种族和性别的幻象蒙惑了双眼，无法破除舞台上幻化成无数个美丽女子的中国男旦产生的巨大魔咒，深陷几重的迷局中——从前是阿陆，后来是阿玫——不能自拔。戏与现实的界限变得模糊不清，男与女的性别符码完全错乱，斩不断的情丝，理不清的情债，最终演化为不可预期亦无法阻挡的悲剧：奥古斯特在与中国女人芬芬争夺阿玫的情爱纠葛中，遭到神秘暗杀，仆尸街头。阿玫却适时地抽身而退，保全了性命，并在异域土壤中生根发芽。

小说通篇弥漫着一种扑朔迷离的氛围。我觉得它的很多地方都像电影中经过了处理的某些镜头：故事在画外音中进行，但这画面是不完整的，银幕的边角四周都刻意被雾障围绕起来了。电影中要表现倒叙、插叙，常用此法。画面中的人是雾中人，他们冲不破这迷雾，只能在内部的较小范围内进退，有点失措，服膺于画外无形的力量——阴谋、命运、叙述者，或其他。雾中人也都有点虚化，无根无底，更具体的东西被刻意拦在了画的外面。比如阿玫初抵旧金山码头，过不了海关，他们怀疑他是个女孩。然后这里突兀的一句:“后来阿祥来了。”阿祥是谁？作者不多说，你也能知道他必是戏院领班之类的人，他“很有手腕”地与海关官员斡旋，带走了阿玫。还有后来奥古斯特警告阿玫不要跟芬芬来往：“一个大得谁也看不见的人物在养着这个女人。”这个大人物，当然也绝不出现在画面中，但他的阴影是可视的，投射在画面中的人身上，他们被他操纵，或者试图反操纵他。最后快出事了，在海边，芬芬等在那里。“按说芬芬是不被允许独自到这么远的地方来的。海边肯定远远逾越了芬芬那看不见的牢狱之墙。”看，“牢狱”只是个抽象说法，是个比喻。“看不见的牢狱之墙”，愈发抽象了。

况且小说中本来就经常有雾。雾气缭绕着严歌苓的神秘故事。旧金山是一座多雾的城——

> 闭馆的时间到了，我从下水道冒出来，对下面霉兮兮的暖和依依不舍。上面是旧金山的冬天，雾在下午四点就从海上过来了，只有唐人街的雾不厚，街两边的铺子门脸挨门脸，密集的人群破坏了雾的沉积。

阿玫的故事藏在地底下。地面上是旧金山繁华的金融区。严歌苓大概是唯一在这上下两个世界穿行的人。

严歌苓在《从魔幻说起》一文中谈到，她有各种“Fantasy”——幻想或迷恋，白人、黑人、妓女、同性恋、死刑犯，她对他们都有不同程度的 Fantasy。“一切对于我形成谜、离我足够远、与我有着悬殊差异的人物事物，都是我的 Fantasy。”以这样的审美观观照过去，十九世纪中后期的旧金山，那是一片“近乎魔幻现实主义式（Surrealistic）”的土地，挤满了从世界各地赶来淘金，把秩序与道德、政治与宗教、身份与过往都远远留在故乡的人。踏进这片土地的梳长辫的男人、裹小脚的女人，还有他们的比女人更女人的男优，使得这个满是魔幻的城市又添了多重魔幻。1870 年，美国政府普查发现，数以千计的八岁至十四岁的白种男童与中国妓女有染。中国妓女的价格太低廉了，对她们无限好奇的白种男童，以糖果和午餐的开销就能够消费她们，他们有规律地造访她们，就好比到古老遥远的东方国度去旅行。在严歌苓看来，白种男童与中国妓女的肉体情感纠葛，是“盛大而荒诞的东西方的初级会晤”，《扶桑》中扶桑与克里斯的爱情，正是当时两千多男童与三千中国妓女关系的缩影。而十九世纪的美国对华人的排斥和迫害，原因也在于 Fantasy。迷恋与恐惧、爱慕与排斥往往并蒂而生，Fantasy 的力量是双向的，它是爱与恨、情与仇的联结。

画中人

扶桑和阿玫本来都是画中人。

严歌苓无意间踏入中国移民历史展览馆，一眼就看见当堂悬挂的巨幅照片，那是 1870 年代的一个名妓。人与画惊鸿一遇，严歌苓遇见了她将要写的“扶桑”：“这个女人的故事就在眼前，在她自相矛盾的从容和紧张神态中。”我们听到“名妓”一词，往往联想到丰容盛鬟、艳名如炽等等，假如那幅照片也给我们看见，说不定我们唯有失望，想不到她竟是老实的，木讷的，拘谨的，很难说得上是美的。视觉的满足可能会堵塞人的想象，视觉的撞击也会激发人的想象。严歌苓平素不断以好小说、好电影、好画和好山水“喂养”自己的视觉，以便自己在写小说时可以“看着它，让它发生”。要做好的小说家或艺术家，视觉意象必须发达。老舍写《离婚》，主角张大哥是他廿岁到廿五岁之间几乎天天在北平城里碰到的一个路人，只要说写北平，哈！立刻就有几百尺的“故都景象”在他心中开映。张爱玲甚至仅看到“柴玉英”这三个字，就觉得有一个小家碧玉的通俗故事在这个名字里蠢动着。严歌苓看见这照片中的女子，这女子的特殊的神态就很有戏。她的年纪过了二十岁，这更是罕见的。和她一样的中国风尘女子群体都是十八岁脱发、十九岁落齿、二十岁颜色败尽，即使活着也像死了，她还能如此盛装出场，引得观众瞩目，几位绅士甚至为之动容而脱帽。严歌苓给她起个名字，叫作扶桑。她到一百六十多本枯燥、混乱、莫衷一是的史书里去寻找扶桑。她把扶桑的身世、性格慢慢发掘出来，从三千妓女中提炼出一个特别的扶桑——

这就是你。

我已经基本上清楚你的身世。你是个二十岁的妓女，是陆续漂洋过海的三千中国妓女中的一个。你登上这遍地黄金的海岸时已二十多，因此你成熟、浑圆，是个火候恰好的小娘儿。你没有技艺，也没有妖惑的妩媚，丝毫不带那千篇一律的淫荡眼神。你的平实和真切让人在触碰你的刹那就感到了。你能让每个男人感受到洞房的热烈以及消灭童贞的隆重。

因此你是个天生的妓女，是个旧不掉的新娘。

严歌苓使用的是第二人称。小说中有相当的篇幅是如此，这得自她与照片中人的劈面相逢。

《扶桑》说要拍电影，说了快十年也没拍，据说是因为版权问题不能落实。小说刚写出来的时候，还当红着的巩俐可以演扶桑。巩俐的神态和身材都比较像扶桑。扶桑的形象是更早的“少女小渔”的发展壮大。电影《少女小渔》由刘若英主演，她的外形其实不像小说中写的小渔：身材丰硕得沉甸甸，缺心眼少脑筋，笑得特别好因为笑得毫无想法——这恰恰像巩俐。小渔长成刘若英的样子也未尝不可；扶桑则是一种浑然的、丰厚的、地母式的形象，巩俐正能胜任。可惜，时间硬是拖到巩俐淡出了银幕。严歌苓说舒淇好。时移势易，刮目相看，舒淇真的好。舒淇的容貌，初看并不如何，但她可以美得惊人，《非诚勿扰》还不是由最会拍舒淇的刘伟强拍的呢，所有人都已着实惊艳，和葛优一起低声赞叹：太——好看了！而且舒淇的过往银幕形象，累积着给人一种饱受蹂躏而不会死、愈加柔韧顽强地活着的感觉，这正是扶桑这个人物的特质。

《扶桑》中的另一个人物大勇，我觉得活脱是照着姜文写的。假定就让姜文来演大勇，我又联想到汪曾祺的《八千岁》中的两个词，恰好可以作为这个人物的样范。一个是“侉子”。汪曾祺解释说，他们高邮把行为乖谬，悖乎常理，而又身材高大的人叫作侉子，身材瘦小的这种人则叫蛮子。姜文和大勇都是标准侉子。大勇是唐人街的霸主。史书中记载了几十位这样的人物，由于西方史学者的偏见，他们有着雷同而模糊的面目，总之是恶棍。大勇“是被所有记载遗漏的；他是这数十位恶霸英雄的总积。他的特色是被史学者们埋没又被我一点点发掘出来的”。严歌苓既借用西方史学者的视野，又通过视角转换，发现了他们视野中的盲区并从中开掘。大勇放高利贷、开春药厂、贩卖人口、垄断窑姐市场、策划华工大罢工，每当被追捕他就消失在海里，再浮出水面改名换姓从头再来。他穿名贵绸缎，戴英国帽子，手提首饰匣子，一掀衣襟露出令洋人闻风丧胆的一排飞镖。他梳一条粗得不近情理的长辫——因为他的头发顺着后颈一直长到半个脊背，如同马鬃；说话，也“无厘头”，就像汪曾祺说的“讲舅舅理”，讲一种胡搅蛮缠的歪理。他在赛马场串通了两个白人舞弊，事后分赃，他煮一罐子莫名其妙的香东西给他俩吃。

趁我数钱，你们吃午饭吧。他指那罐子。

能不能知道午饭是什么？

是皮袄。吃了冷天就省了皮袄钱。

味道很好，模样很坏。出纳说。

这肉嚼上去很……有趣。掮客说。

尽管吃，别客气。他笑着，丰厚的嘴唇龇出大而洁白的牙。

你们中国佬除了苍蝇不吃，什么都吃。

谁说的？苍蝇也吃。

你们什么乌七八糟的都吃，一条猪可以从头吃到尾，一只狗可以从前门吃到后门。恐怕只有一个地方不吃。他俩挤眉弄眼。只有那个地方……

那是你们白鬼的诬蔑。是谣言。

敢说不是真的？两人吃得忘形，一脸油，帽子推在后脑勺上。你们连血也吃，大肠小肠统统吃！两人带出控诉声调。

他慢慢将飞镖一把一把插回腰带。哈，那些个下等玩意儿。听着，我们什么都可以不吃，扔掉，有一样东西万万不可不吃。

两人牙疼似的顿时停了咀嚼，去看碗内。

这都吃不懂？屌啊。

两人还是不动，一嘴紫红色的肉。

一般来说，四条腿的畜生比两条腿的畜生好吃些。他又龇出大方牙齿笑了。

两人冲锋到侧边的礁石丛里，大吼大叫地呕吐。

他看他们怪可怜，吐得浑身抽搐，脖子胀得比头粗，要把整个人袜子一样翻成里朝外。两人朝他走回时，满脖子的汗毛孔凸得如同才拔掉毛的鹅皮。

就是这样假作真时真亦假，暗藏机锋。不想听洋人说话时他会无辜地一龇牙：没英文。不懂。我们没英文。——跟这么个人打交道，八国联军都赢不了，除非串通起汉奸，放冷枪打死他。大勇的彪悍与邪恶，使那个充满邪恶的社会多了一味相匹敌的邪恶，他在华人和白人世界里起着杠杆的作用。他本是扶桑的丈夫，九岁时就跟伯叔们出洋找活路去了。我们原以为他会成为万千中国苦力中的一个，满腹辛酸，满脸愁苦，一天背一百筐石头铺一百里铁轨，靠一小罐米饭一撮盐活下去。谁知他竟长成了大勇！大勇也满腹狐疑，但他决不要相信，眼前这个被拐来美国、名噪东西两岸的妓女扶桑，就是他家里给娶的妻子。可他就是他，她就是她。只是他与她要到最后才能相认。

一个扶桑，一个大勇。他们从画中走出，从百年移民历史的深处走出，活了起来。再加上白人少年克里斯。他该去邀请西方的哪位童星扮演，我就没谱了，我这人最不善于同国际接轨。

小说《扶桑》里有一句令人拍案的话：

> 一百多年从你到我，移民局就是恶声气、凶神脸、铁石心肠的代名词。你以为现在站在国际机场关口和曾站在码头上的那个大胡子不是一个人吗？

要拍电影的话，这太妙了，一百多年前站在码头上的大胡子和现在站在国际机场关口的大胡子，当然由同一个人扮演。可以预期观众的笑骂：又是他！他还可以串到《魔旦》里面去，坐在1930年的美国海关。反正美国就是那张脸，来对付入境的中国人。

阿玫·阿陆·阿三

接着来说阿玫。

阿玫是模糊的老照片上的中心人物，镜头的焦距对准了他一人。他眼睛奇大，嘴巴奇小，尖下颏，细腰身，上装之后，他的美貌益发夸张而怪诞，鬼佬们决不相信这是一张男性的脸。看守展览馆的老人温约翰说，阿玫这样的奇物，几十年才出一个，唐人街历史上曾有过三个。所以赶到海关接应的阿祥一看见阿玫就愣了：这明明是隔三十年又来走一遭的阿陆。阿陆前面，还有六十年前在唐人街的大骚乱中被烧死的阿三。

《魔旦》以“金山第一旦”阿玫为叙事中心，同时还写了与他外貌、身份相似的两个前辈：阿三和阿陆。阿三和阿陆的悲剧命运并不明确，只是在传说与猜想中，但阿玫对此一直保持警觉，他要着意避免重蹈前辈的覆辙，他想改变自己的命运。1870 年白人对唐人街的大扫荡中，夜戏结束后的阿三被逼到了一棵树上。树下三十多个美国汉子对着他们既着迷又不服气的阿三，心情激动、半开玩笑般地点燃了那棵树。阿陆的故事更加隐约，他从走红到消失仅三年零四个月的时间，但他是一个重要人物连接着阿玫和奥古斯特。奥古斯特曾经迷恋阿陆，阿陆失踪三十年后他还缅怀着他，直到阿玫出现，奥古斯特才将迷恋转移到阿玫身上。奥古斯特、阿玫，还有叙述者，都在不断追寻阿陆的下落和命运：他似乎是卷入了一场惨烈的恋爱，似乎是被杀害。在阿玫也身不由己地进行了同样危险的恋爱之后，他仿佛通灵地知晓了阿陆的遭际。进入了他们的故事中的叙述者——作者，也直言：“因为阿陆的生命完全没有任何印痕，我想试试拿阿玫来重演阿陆。”她领我们进入一种魔幻之境——

……早晨阿玫醒来，见奥古斯特伏在唯一的桌上沉睡。消耗的黄蜡烛流淌成无数根细小的钟乳石，垂挂在蜡台四周。阿玫突然对此情此景感到扑面的熟悉。它一定发生过的，发生在阿陆身上。阿玫认为，阿陆一定通过什么方式让他看到了这场景。阿玫同时感觉周身肌肤有种异样的敏感，仿佛是一场伤害使它发生了彻头彻尾的蜕变。或许是阿陆给了他这层毛骨悚然的苏醒：这肌肤不再是原封不动的阿玫的肌肤了。阿陆通过什么让阿玫感知到这一切，阿玫不得而知。但他知道这肯定是一次重现，因为他知道下一步将会发生什么。果然，事情继续沿着阿玫的预知往下排演——一只红蜘蛛在顺着一根看不见的丝上下爬动，隔壁的门“嗵”的一声之后，便响起一对墨西哥男女欢快的拌嘴……然后，就该是奥古斯特醒来的时刻。一点不错，奥古斯特在墨西哥男女的热烈对话中醒来。他醒来的动作使蜡烛最后的火焰刺向空中，然后缩回，熄灭。一切按曾经发生过的在发生，次序丝毫不乱。……

不是故弄玄虚，我们也常有这样的体验：面对此情此景，忽然感到似曾相识，它好像在什么地方发生过。是梦里？是前世？还是电影中？不记得了，只觉得那一瞬间，我又经过了从前经过的小站，下一个循环开始了，这一回将往何处去仍是未知。严歌苓是如此善于描述这种普遍存在，却又莫可名状的感觉。

阿玫因了两位前辈的悲剧命运，认定做戏子前景不妙，他暗中补习，打算将来改行做会计。阿玫是个安静而富于心机的男孩。全篇给人印象最为深刻的是他玩的一幕绝活。奥古斯特和阿玫进行情感谈判，阿玫向他展示了一套男旦特有的舞台动作：

> 阿玫一只一只地往头上插珠钗，绢花，佩上耳环。阿玫有一对标准的女性耳朵，茸茸的耳垂上两个眼儿。然后他叫来一盆热水，将两只手泡进去。五分钟后拿出来，包在湿热的毛巾中将手指朝手背方向弯去。手像无骨那样柔韧。阿玫的柔韧性是无极限的，浑身都有这种无限的柔韧。然后他又玩了另一套。他人向后仰去，仰向地面，直到两只手抓住了脚腕。他的身体在奥古斯特眼前成了一个残酷的美丽拱形。奥古斯特不敢再看下去，这纤细如幼竹般的身体已不再属于人类，它幻化成了不可思议的图案。阿玫恢复原形时说：我已经知道阿陆的下场了。

这一套“人体动态表情”美丽、荒诞、残酷。阿玫用身体幻化成的抽象图案，就是他思考的写意图形：伸展、盘环、纠缠、复原。奥古斯特控诉阿玫无信无义、卑鄙下作，在一个男人和一个女人之间偷情，阿玫对此不作语言表态，他用他男旦的形体语言思考，并表了态。奥古斯特没有明白阿玫的用意，至死也没明白，小说也未点明。奥古斯特是被芬芬的主子杀害了吗？似乎是如此，阿玫约他去海边，去了却是芬芬一个人等在那里，她夸张地贴在他身上散步，又让他送她回家。是阿玫如此设计，嫁祸于赤胆忠心待他的奥古斯特吗？那他真是个小魔鬼了。我宁愿相信这其中的破绽：阿玫和芬芬的事情，连他的班主都知道了并禁止他再与人来往，那个大得看不见的大人物就这么好骗？阿玫绝无可能这么容易地全身而退。那么，是阿玫的另一个我们看不见的主子杀害了奥古斯特吗，因为嫉妒？我们同样不得而知。阿玫后来果然如愿，他从会计学校毕业，慢慢混入穿西服打领带的金融区人群，消失了。他平安活到了老年。他，大概就是看守那个中国移民历史展览馆的老人温约翰。

中国的戏曲国粹，在十九世纪中后期被阿三、阿陆、阿玫们带到美国。唱戏的阿三阿陆都死了，不再唱戏的阿玫活了下来。在小说中，阿三和阿陆的故事就像音乐的装饰音，丰富着音调和音色，并与阿玫的主线故事呈现出对比关系，共同构成这一批艺人们的足迹和命运。

《魔旦》不光在写人的命运，更借由戏曲这一国粹被早期中国移民偕同进入美国的事实和反响，写出了它空旷、忧伤的命运。戏曲这种神秘的、深邃的、阴柔的中国文化，进入异质杂交的、蛮野阳刚的美国文化，它的畸形感、空洞感和悲凉感，也就成为一种必然的境遇。

叙事者

《魔旦》的故事，整个是作者设的一个圈套。老人温约翰给小说中的“我”零星地讲述阿玫故事的片段，老谋深算地看她一会儿，说：你还是没跟上。“我”仿佛也拿深邃的眼神看了我们一会儿，说：你有没跟上？——你注意到了么，严歌苓出国这么多年，变化最大的是她的眼神。

“我”基本上等于严歌苓。凭着几幅照片，几句闲话，加上想象，她就能把几代人的故事都推演出来。她称这是一种“演算”：

> 其实世间事物也都有一道道微积分潜藏其中，多么复杂难解，只要你不懈地演算，排除重重误差，逻辑最终领你到达结局。

她深爱的俄裔美国作家纳博科夫有一个观点：世界不是现成的，

而是当着我们的面在生成，我们参与创造得越多——通过观察细节，将各部分联系起来，努力解决它们提出或隐藏的各种问题——世界就变得越“真实”；同时，这些真实就越可能成为通向进一步真实的台阶。《魔旦》的创作思路恰是对这一观点的演绎。同时严歌苓也知道，虚构的故事总是有破绽的，所以另设个防，夹叙一句：“这个结局我怎样努力都难以使它圆满。它总有不少漏洞。”她自己说出来，就把读者感受到的漏洞填补了一部分。所谓逻辑，小说情节对它有基本的倚仗，但严歌苓运用得更多的还是“非逻辑”，描述种种魔幻而真实的感觉，它们才是《魔旦》最迷人的地方。

真正的魔旦是严歌苓。

《扶桑》里也有一个叙事者。扶桑、大勇、克里斯三人之间的故事，是由一个第五代中国移民、身份是作家、嫁了一个白人丈夫的女性“我”来讲述的，这个“我”和严歌苓高度相似，但不等于她。有了这个“我”，小说就高妙了，避免了堕入早期华工血泪史，或英雄美人故事的老套。“我”不仅讲述，还不时转换人称与扶桑展开对话，这样既在叙述中融入了对历史、种族、性别等方面的深入思考，又将一百五十年的华人移民史拉出了一个自由穿梭的网状脉络，第一代与第五代移民之间既平行又交错，立体感和历史感得以构建。《扶桑》筹拍电影时，一度曾传张曼玉将出演，但她不是出演扶桑——她太精致、太精灵了——她是出演那个叙事者的。这就太好，“我”是一个悟性极高、感觉异常敏锐，又现代感十足的作家，张曼玉往那儿一站，就是《扶桑》写作文风的直观说明：电影感、雕刻感，空灵、精炼、诗意、神秘。心迟口慢、大善若痴的扶桑，不会有多少语言来表达自己，正需要一个叙事者去言说她。这样一个精微而美丽的叙事人出镜，她可以代替扶桑传达出那“身体处处是感知”“动与不动都是极度的敏感”。遗憾的是，剧本在改编过程中这个叙事人的戏份儿越来越少，终于删除。试想，时间的两端，“我”与扶桑遥遥相望。张曼玉站在这一头，即使戏份儿再少，也是个点睛之笔，她撑得起那一头的“百年良妓”扶桑。

1860 年代末，扶桑和一堆女仔被人拐子藏在船的底舱，三个月漂洋过海，抵达金山城。抵达时，女仔们几乎已死光，沿途被抛进大海。金山是美国的黄金西海岸。人们传说：此地有黄金。中国的男人们来淘金，不准他们携带妻子，所以最早被走私到美国的中国女子们，都不是来给男人们做妻子的。

1930 年代，穿一身白竹布长衫的阿玫和一船的中国农夫一起踏上旧金山码头。他才十二岁，已学了三年戏。旧金山的戏班失去了阿三、阿陆，千辛万苦地找到个阿玫，希望能再度时来运转。那年头在美国的华人没几样好东西，就只是茶、大烟、赌、窑姐儿，再就是戏。赌和窑姐儿都被禁了，戏，也终于没能生根。

1989 年，三十岁的严歌苓登陆美国。两年前她已接到美国大使馆的邀请访美，她为了写她的第三部长篇《雌性的草地》，将行程一拖再拖。小说出版后她到美国去读书。她迄今仍然说是这部小说最大限度地表现了她的才华，可是当年它出版后国内毫无反响，完全是默默无闻。严歌苓还得等，等她再写出《少女小渔》《海那边》《天浴》《扶桑》《人寰》……等到 1990 年代她把台湾的一系列文学大奖都拿遍，大陆这边才反应过来，严歌苓才开始她的大反攻。

正是出国成就了严歌苓。她自云，移民，好比生命的移植——将自己连根拔起，再往一片新土上栽植。这对于一些作家意味着死亡，如索尔仁尼琴；对另一些作家却是新生，如纳博科夫。纳氏，还有詹姆斯·乔伊斯、孟诺韦尔·普韦格、安·阮德这些人，他们都曾在寄居国作为一个普通移民真切地生活过，有强烈的忧患意识，不是精英人物的抽象忧患，而是脚踏实地的、难民式的：要待下来，要活下去。这是种原始动力，最大限度激活了人的生命力和创造力。严歌苓正属于后者。出国，她结束了在国内的文学历程，踏入文学的新天地。

出国也是她写扶桑、大勇、阿玫这些人物的契机。1990 年代的“我”，以自身的经历去感悟一百年前的东方妓女、华工、优伶。性别、种族、文化、客与主，东西方纵横交错的目光。一代代移民，相似的困境，延续贯穿他们的同样的情结。扶桑阿玫们就等着一百年后的严歌苓来写。她正是与他们共存于同一抽象领空的“未来时态的幽灵”。

电影・戏台

我们处于一个“影像狂欢时代”，电影电视可算作这个时代的最强音。而文学已衰微。

严歌苓特别爱好电影。她认为电影是最完美的一种艺术形式，在很多表现手段上都优越于小说。她很早就从电影中去借鉴，1989 年的《雌性的草地》中有她独创的“故事的剖切面”的技巧，她本人的阐述已曲尽其妙：

> 在故事的正叙中，我将情绪的特别叙述肢解下来，再用电影的特写镜头，把这段情绪若干倍放大，夸张，使不断向前发展的故事总给你些惊心动魄的停顿，这些停顿使你的眼睛和感觉受到比故事本身强烈许多的刺激……这样，故事的宏观叙述中便出现了一个个被浓墨重彩地展示的微观，每个微观表现都是一个窥口，读者由此可窥进故事深部，或者故事的剖切面。

还有《扶桑》里比比皆是的蒙太奇式场景，大面积地用于扶桑与克拉斯身处的不同场景的对接，表现两人彼此相爱而现实阻隔的状态，演绎一种“海上生明月，天涯共此时”的情怀。严歌苓的小说画面感强，这已得到公认。她的小说里有画面，有色彩，有声响和嗅觉，有动感，又高度简洁，非常像电影镜头：

> 走过陈家澡堂，三个女子都慢了些脚步。几百男人从一个门进，又从一个门出；进去时人肥些、黑些，出来时人瘦不少，脸色也浅亮不少。

严歌苓成为好莱坞的专业编剧不是偶然的。她的小说本身具有改编成电影的极佳潜力，一向备受大导演青睐。她自己也亲自做编剧，可视为她的小说抵达电影的水到渠成。

不过我是觉得有些可惜。严歌苓最大的才华在于她的文字，她拥有自成一格的语言体系。她自己也说，方块的中国字，因为特别的排列，形成最奇妙的方阵组合。为了让汉字保持质感，元气充沛，她的写作坚持“刀耕火种”的手工业状态，她坐着用手写，用她的血肉筑成文字的长城。说她的笔就像电影镜头，随意地剪辑、组合、跳跃、切换，给人电影感，这个说法的基础是，你正在读她的由文字构成的小说。

倘若真的把这些富有电影感的文字翻译成电影语言，那是一种消解，因为特写、蒙太奇这些手法在电影中本是司空见惯的手段。你看着电影镜头，可能忘记了它本来仅由文字就达到了相似的效果。

我们来看看《天浴》吧，开头：

云摸到草尖尖。草结穗了，草浪稠起来。一波拱一波的。

一个“稠”字，用得甚妙。结了穗的草，被风吹动时不及先前轻盈了，一波一波摇动的草如浪，结了穗的草浪给人的感觉就是比以前“稠”了，变成了“拱”动。“云摸到草尖尖”的妙处需要体会，不只是拟人的问题：在什么样的情况下，云才能摸到草尖尖？必须是人躺下来，躺在草原上的时候，看云和草才会有这样的角度。细心的读者读这句话，可以想象到看着云和草的文秀是躺在草原上出神。这句话作者没有明白写出，而无字胜有字。

电影导演当然也可以这样做，运用空镜头、远景、中景、近景、特写等，镜头的角度也全由他掌握。可是，文秀是躺在草原上的姿态，让观众一览无余，这样就失了妙处。

再看对文秀外表的形容：

身体像个黄蜂，两手往她腰里一卡，她就两截了。

这句话形容文秀的细腰，又生动又新鲜。不光是比喻精当，还有一重隐秘的含义，需要接着往下再读几句方能体会："上马下马，老金就张着两手赶上来，说：'来喽！'一手托文秀屁股，一手掀她胳肢窝，把她抱起。文秀觉出老金两只手真心想去做什么。"读到此，就会悟出"两手往她腰里一卡，她就两截了"是老金的感觉和想象。这感觉和想象非常符合老金：藏人、强悍、身体的欲望之根被斩断，故而他对文秀这瘦弱的汉族小女子的想象流于无邪、无稽。从一开始，老金就含着好奇和爱意在观察文秀这个女子。这些意思，电影语言也可以表达，点明是老金的眼光，在文秀的细腰上停留一会儿。可是，没这句话妙。而且严歌苓还不说"她就断成两截了"，就拿"两截"做谓语：她就两截了！妙不可言，我仿佛听到她哼地笑了一声。失眠的一天里她抓到了这么个句子，下半夜可以睡好觉了。

电影如此红火，文学如此冷落。我希望严歌苓这支笔，留在文学里。

并不矛盾，我也盼望她的小说改编成电影。她专心写小说，把电影交给导演们去发挥才华。陈凯歌早在2003年就购买了《白蛇》的影视改编权，据说是题材敏感，一直没能立项，现在顾长卫也想拍了。如果不造成纠纷，两边都拍最好，我可以欣赏他们各自的千秋。若按我最初的想法，我希望是杨丽萍来扮演白蛇，表现的重点在于舞蹈，让杨丽萍去实现严歌苓写得相当写意的“蛇步”。“蛇步”由舞蹈家孙丽坤独创，她为了观察模仿蛇之动态，曾与一位印度驯蛇艺人交谈并饲养蛇类，她因之而主演的戏曲电影《白蛇传》曾获国际大奖，引起舞蹈界学者的极大重视并在观众中风靡一时。——这些其实是前舞蹈家严歌苓的臆想，我们委实难以想象这蛇步是如何的倾国倾城。但杨丽萍可以意会。她是懂得的，这或许还会启发她的新创造。我一直认为，张纪中启用杨丽萍扮演梅超风，用她的手去表现“九阴白骨爪”，是他的神来之笔。中国历来有人，我们尽可以让一位国宝级艺术家去再现另一部国宝级作品，大家各司其职，各归其位就好。

《魔旦》中的老男人奥古斯特已五十六岁了，却总是把电影当真，看得个痛不欲生。他常请阿玫看电影，一部电影重复看几遍。第一遍看得要死要活，第二遍就会情绪平息许多：“重复看它便渐渐退到了局外，便破除了它的魔咒。”可奥古斯特看阿玫怎么也看不透：“奥古斯特对舞台上幻化成无数个美丽女子的阿玫，一直被困在意外中。再再重复，再再意外。”这里，严歌苓夹叙一段她年幼时看戏的观感，与奥古斯特看阿玫演戏的观感平行，试图对戏曲舞台上的魅惑进行解读。那强勒出来的细得残酷、细得不近情理的腰身，那两条一米来长的水袖，舞动起来或下凡、或飞天，尤其那一套水袖划出的情绪符号——

水袖语言的哭、笑、快乐、愤怒，在幼年的她看来真是“看不透的一种好看”。而近在咫尺地旁观化了装的演员吃饭，又给她奇怪的感受，“似乎吃饭这件凡俗的事物接通了戏和现实”。——如此，戏的魔咒于她是开了个口子，解开了。但奥古斯特总解不开。他始终困在阿玫的魔性——Fantasy——中。

奥古斯特是甘愿沉溺，坐在戏台下看阿玫。我坐在书外，看严歌苓搭建的文字戏台。

2011 年 7 月 29 日—8 月 6 日

一个“严”字怎样写

她回过身来。

她回过身来。

她回过身来。

她是小渔。

她是扶桑。

她是王葡萄。

她回过身来，她是她们所有人的叠加，她们是她的化身。“包法利夫人，就是我！”一个多世纪以前，福楼拜已经喊出了这条真理，虽然他藏身甚深，他说艺术家不该在他的作品里露面，就像上帝不该在大自然里露面。上帝的现身是宏观的、抽象的，他是那双翻云覆雨的大手，他制造出来的世界，就是他的样子。

我先是在严歌苓的小说里看见许多的她，她的片段、局部。后来这些局部渐渐不那么突显，不再从她的作品的整体中割裂。整体才是她。我要形容我对“严歌苓”的感知，当然不如她自己说得好，如她在《学校中的故事》里这样说帕切克：

> 帕切克是种知觉的波长，通过你知觉的频道播送给了你。他的梦、呼吸、心率。

我的“严歌苓”不全是真的，是我的知觉频道接收后重新制造的。

杰克·伦敦的狼

严歌苓幼年时最喜爱的作家是杰克·伦敦，因为他对狼的描写。《野性的呼唤》写狗变成狼的故事，《雪狼》写狼变成狗的故事。这两头狼 / 狗深刻地留在她的记忆中，它们进入了她三十岁时写的《雌性的草地》：那一对被狗妈妈叼回来喂养大的狼崽，其中的一只“金眼”结合了狼和狗这两个物种的优秀属性，高贵、孤傲、忠实、自尊，却被人当作非狼非狗的东西消灭了；另一只“憨巴”经历了狗的生涯，不愿做屈辱的狗，它蔑视它的兄弟违背天性的忠良，最后顺从自然回归原野，重新成为狼，甚至成为狼王。

在她成年后，严歌苓离开了杰克·伦敦，理由是他对中国人的见解，远不如他对狼的见解公正。但他的狼没有离去——在她 2011 年刚写成的《陆犯焉识》中，奔逃在零下二十多度的雪野上的老几，与狼的一家子追赶、搏斗，奇迹却是他苏醒过来，看见倒卧在雪地上的公狼和母狼，还有憨态可掬地看着他的狼崽。这不就是杰克·伦敦的《热爱生命》？

《陆犯焉识》的引子，颇像《雌性的草地》的还魂：据说那片草地上的马群曾经是自由的，黄羊也是自由的，狼们妄想了千万年，都没有剥夺它们的自由……直到有一天，在这大荒草漠上，在马群羊群狼群之间，来了人群。人掀翻草漠，伐倒红柳，吃光一切活物与尸首，用枪弹来杀伐马、羊、狼，以及他们自身。连狼都怕了，拖儿带女地逃离，于是人看见了极其壮观的狼的大迁徙。

狼走了，人来了。《陆犯焉识》重点在写人，《雌性的草地》既写人，也写其他生灵。特殊年代里，一群女知青被输送到川、藏、陕、甘交界的一片草地上去牧养军马，她们怀抱庄严的理想去献祭而最终被这残酷的理想所扼杀。她们牺牲了青春、美丽、亲情、恋情，乃至生命，终于把马牧成之时，才得知部队已经取消了骑兵建制，军马不再被需要，她们也早已被遗忘在那片让人无法生存的草地上。那片草地人烟稀少，多的是狼、狗、马、羊这些动物，它们身上也同样发生着生命的故事，与人类构成类比的关系。要成为一匹优秀的军马，就得去掉马性；要成为一条杰出的狗，就得灭除狗性；正如要做一名忠实的女修士，就得扼杀雌性、人性。而这些“性”，都是不容被否定的，严歌苓说她写这部书是为了“伸张‘性’”。这样的主题，使得《雌性的草地》在它的写作年代很难被归类，它到处都显得越界。它笼统地被称为严歌苓早期的“女兵三部曲”之一，但它几乎不让人觉得是一部军旅小说，首先在故事的背景上它就从部队组织脱逸了出来。牧马班的姑娘们与组织的联系松散，她们被播撒到无人的草原，被缺席的组织和自觉的信仰引导着，唯一与她们亲近无比的是大自然，她们与天、地、畜、兽都建立起了奇特的关系。如此，小说就脱去了军旅背景，而代之以草地空间，组织纪律让位于自然法则。基于草地空间的性质与格调，小说《雌性的草地》具有粗犷、雄浑、冷峻、神性的风格。写它，源自于严歌苓年轻时曾六次进藏，并采访过那个真实的“女子牧马班”。

我一直模糊地持有一种观点，一个写作者如果能被太准确地定位，他的发展潜力就不会很大。就是要那种总是有“越轨的笔致”的人，无论哪个类型都框不住他，他在不合规格中不断超越，等他扩张到相当的地步你才会对他有个全面认识。严歌苓即是一例。她最先写的《绿血》《一个女兵的悄悄话》，都是标准军旅小说，都获了奖，也都过了时。《雌性的草地》就大不一般。牧马班的姑娘们是作者要表现的焦点，而草地上的其他生灵，也都被有意识地摄入焦距。那匹奔跑起来像个梦的红马是草地上曾有过的神话，它被毁灭，使得草地失却了精魂（《雌性的草地》的 2007 年再版节选本叫《马在吼》）。狼在知青的群落中跑进跑出，成为重要的角色，它们非常抢镜！连草地中的草，无边无际半人多高的野草都会突然与那里的人相纠缠，造成一个情节的环扣。人与畜、人与荒野、人与自然，相互吸引、相互依赖，他们无论钟情或敌视，总是生死共存的关系。这本书的思考超前于它的诞生年代，以至于它 1989 年出版后几乎无人提起，严歌苓至今仍说 :“它最大程度地表现了我的才华”，它是她文学版图上的青藏高原。

大仲马的鱼骨头

留美归国博士、大知识分子陆焉识教授在 1950 年代以反革命罪入狱，后在西北荒漠上劳动改造了二十年。1955 年他蹲监的时候，狱友曾揭发 : 陆焉识用一根很大的鱼刺磨了根缝衣针，那根针，可以当自杀的武器。

> “哪里来的大鱼刺？”
>
> “从大鱼身上来的。”
>
> “你跟我废话吗？”干部拍一下桌子，“大鱼哪里来的？！”

看官们读到此，应该想到大鱼刺是哪里来的：从大仲马那里来的。那位被关在伊夫堡地牢里已十一年的意大利长老，给蒙冤被关了七年的青年爱德蒙·邓蒂斯看，他用鳕鱼骨头做成的缝衣针，和笔，他用来写他的巨著。也许鱼刺就是从严歌苓祖父的回忆录里直接拿出来的，而她那位学识渊博的祖父，应该还是从大仲马那里学来的鱼刺作针。

再看，“钱爱月”，这名字分明是“月亮与六便士”的变体。她在书中的角色是“我母亲”，那么这个名字一定是精心起的，我看到后面，直觉得到了印证，作者也这样写道：钱如何能够爱月？爱钱的会爱月？！——所以，是毛姆间接制造了这个名字。毛姆自称是“最好的二流作家”，但许多一流作家都喜欢他，如马尔克斯。严歌苓也极爱马尔克斯。马尔克斯在题为《拉丁美洲的孤独》的演说中说：“面对压迫、掠夺和歧视，我们的回答是生活下去。任何洪水、猛兽、瘟疫、饥馑、动乱，甚至数百年的战争，都不能削弱生命战胜死亡的优势。”这完全可以视为《第九个寡妇》的主人公王葡萄生活信念的宣言，只是王葡萄不会这样说话而已，她不说，她这样做了。

“狼啊，千万别堕落成人！”当十岁左右的严歌苓看着几个红卫兵在对着她的父辈为非作歹，她脱口喊出了雨果的语言。她的伙伴们笑疯了，笑她说的不是正常人话。酷爱读书的女孩已开始被那些文学名著塑形，被书中的语言、情操塑形，她将被塑成几十年后享誉世界的华文女作家严歌苓。她还在幼年，她的朋友就是雨果、托尔斯泰、屠格涅夫等这些人。从小她听搞艺术的父母吵架，他们的台词也是这样的：

“你比沃伦茨基还坏。”

“那你就是安娜·卡列尼娜了？”

等她长大以后写小说，这就是《小顾艳传》里小顾和杨麦的对话。《小顾艳传》再大幅扩张，就是《一个女人的史诗》，那是她献给母亲的。

严歌苓童年的阅读书目里，有没有比较简单的，儿童读物类的呢？我猜还是有。我读《第九个寡妇》，想起一则外国民间故事《老人的位置》：人们说，老人干不了活，没用了，把他们都抬到深山里去丢弃。其中一个被遗弃的老人，一个孩子偷偷藏起了他，孩子每天给老人送食物，老人则不断指点孩子应对生活中的种种困难，最终使大家认识到老人的智慧和价值。《第九个寡妇》似乎是把这个情节纳入了它的构思——王葡萄从死刑场上背回来藏在地窖里的公爹孙二大就是那个老人，王葡萄就是那个孩子。在二大藏身的二十年里，中国多灾多难，民生多艰。荒年，二大教葡萄不要把蜀黍芯蜀黍皮拿来烧火，攒着，蜀黍棒子剁剁，磨成碎渣，可以喂猪；蜀黍皮泡泡，泡出的稠浆也可以喂猪。别人家的猪都饿瘦了，喂不到过年，唯独葡萄家的猪天天上膘，葡萄成了养猪能手，专门给公社养猪。史屯的人们在土改时，迫于局势，投票表决同意将孙二大划成恶霸，导致了二大被镇压。后来在越来越艰难的饥荒日子中他们时常想念二大，想念二大的点心店有多香，二大摆的喜酒有多排场，他们想二大要是活着就好了，他能想法子弄来吃的……

《第九个寡妇》的故事也是有原型的，它曾是河南的一桩大案，并在中原大地广为流传。严歌苓最初听说这个故事的时候，她还是老作家李凖的儿媳妇。故事在她心里窖藏了二十多年，直到它的隐喻价值慢慢浮现。2003、2004 年，她专门又去了河南农村，找到当事人的后人，参观那个红薯窖。她用河南话来写这个故事："恁""可不敢""早干完早歇工，多打粮多吃馍，美得颠颠的"……王葡萄趴在门缝上往外看乱世中纷沓跑动的人腿，她最经典的那句话，其实是严歌苓从前的婆母、李凖的夫人董冰说的：

"外头腿都满了！"

狂欢体

写《第九个寡妇》的时候严歌苓人在非洲，她看着黑人们一边受苦受难，一边载歌载舞，她非常感动。这种精神被她灌注到王葡萄身上：生命里充满苦难和欢乐。所以巴赫金的文学理论可以被运用在这里，把某些人物和场景解释为“狂欢体”。被乡人称作“生坯子”的王葡萄过着无拘无束的生活，她从不知忧愁惧怕为何物，她想干什么就干什么，她这个人是一种“狂欢体”，乡人到最后才知道她二十年来背负着一个要被杀头的秘密，原来她是恁好的一个孩子。还有许多场景，如斗地主、评选恶霸、打倒落后分子等等，也是喜剧加闹剧，表现出鲜明的狂欢化特征，恰似在狂欢节上，人们过着一种脱离了常规的生活，把生活“翻了个个儿”。

史屯的乡亲看王葡萄，觉得她是个疯婆子，王葡萄看史屯的乡亲，也觉得他们都疯了，走的步子全是舞台上的“急急风”，人们急急风往东，急急风往西，干啥呢？那些年里有那么多的事情：打仗、土改、“反右”“四清”“文革”……

1976 年的中国发生的几件大事，在小说中是如此呈现的：

> 街上的大喇叭响起来，“跨”的一声大钗，像是塌了什么，赶集卖货的人都一哆嗦。
>
> “刚才听见没有？周总理走了。”
>
> ……
>
> 过了半年，街上大喇叭里又出来一声塌天似的大钗。这回是朱老总。

……

那是哀乐响得最壮阔的那天。各村都接上了喇叭，都在同一个时辰响起大钗，“咣！……”这回人们觉着塌了的崩了的不是天不是地，是长在脊梁上的主心骨。

“毛主席逝世了，听见没？”

“听见了——逝世了。”

……

到又一个年关时，村子里的喇叭响起一声大钗……这回是公社知青闺女广播的丧事：刚刚平反昭雪的地委丁书记因病逝世。

这里面包含节奏。前面的三件大事，骨架一样沉重确凿，写1976年中国的小说都会写到它们，而唯独《第九个寡妇》凑出了第四件。身处闭塞之地的乡民，以他们对家国大事的理解，他们认为一个地委书记的逝世也该“咣”地响这么一声大钗，和中央的格律一致。你替他们感同身受，那确实是应当的啊！再站到书外来看，这第四声把前面的三大件也搞得荒诞滑稽了。这一二三四还合辙了中国古诗的节奏，第三的韵脚最强，恰好就是最伟大的毛主席逝世，同时也卖足关子，等着第四来让人落空。《红楼梦》中薛蟠所作《女儿吟》四句，松紧关节也是如此。第一句第二句“女儿悲”“女儿愁”，都是薛大爷的一贯水准，大家正笑着，他忽然不知从哪里冒出第三句：“女儿喜，洞房花烛朝慵起”，众人都诧异说：“这句何其太雅？”然后他再说第四句，众人都扭过脸去说：“呸！呸！”

非常理

假如严歌苓自己不提，我倒想不到她是红迷（上路的中国小说家都看外国高级小说，我这样不上路的才光看中国古典小说）。事实上她酷爱《红楼梦》，有空就读读，她留学时学校曾想让她教中国文学经典，她说那就教《红楼梦》吧，同时她还说过“我希望自己越来越丰满，不能光读《红楼梦》《古文观止》”。

严歌苓的小说有一个突出的特征：情节经常不合常理。但是她的一支笔，能把不合理的情节写成合理，把不可能的事情写真。这一点，似是得自曹雪芹的真传：《红楼梦》中常有出人意料的荒谬情节，但作者又把它们写得圆，令人信服，读者的感受是既吃惊又过瘾。比如尤三姐矢志要嫁柳湘莲，贾琏说此人萍踪浪迹，哪里去找？去年他打了薛呆子，不好意思见我们。先前是薛蟠调戏柳湘莲，柳把他痛打一番之后逃走了；贾琏才说了没处去找，一出门竟然就碰到柳和薛并辔骑马而来，他两人怎会在一起？似乎是最不可能的。贾琏和读者一样“深觉奇怪”，一问才知薛蟠遇盗，恰好柳湘莲经过，救了薛蟠，由此两人结拜为兄弟了。从柳、薛二人的性格看，这情节恰是合理的：柳素来豪侠，路见不平必定出手；薛虽是个“呆霸王”，却有个重情义的突出优点。另外，柳是因为打了薛才走的，那么也只有薛才能将他再带回他们的社交圈，正所谓“解铃还须系铃人”。曹雪芹的笔力足，就在这些非常情节中体现。他借香菱之口，说出他理解的文学的真谛：“似乎无理的，想去竟是有理有情的。”小说的情节不一定完全遵照现实的逻辑，但不合乎现实逻辑的同时必须合乎情理的逻辑。情和理都有伸缩的空间，小说家可以通过一种内在的逻辑把那些细节和经验聚拢来，这是功力。

严歌苓的作品多已被密集讨论，我选一篇较为生僻的来说明我讲的问题：《梨花疫》。它是“穗子系列”之一，篇幅很短，情节邪门。它来自作者少年时耳闻目睹的一桩事：一个老不正经的看门老头，跟个流浪来的女叫花搞到一起去了。这个事情有什么好写？完全是个垃圾素材。可你看严歌苓怎么写。她写，那老头曾经是个司令，曾经叱咤风云却因“遍地风流”而被留职查看、“只剩一个错误可犯了”。他整天酗酒、跟女人搭讪，他的无赖、破罐破摔，在小说开头就由他自己讲明了：“你别惹我，我还剩一个错误没犯呢！”作者对这个人物如此剖析：“于老头天生有种敢死队气质，打起仗来异常骁勇，但一没仗打，他天不怕地不怕的天性就成了土匪气。所以进城后的于老头就像一个漏网土匪……”这么个人，使得故事在一个非常令“正人君子”难以接受的限度上去展开。那事还不必正人君子，是个普通正常人都会不齿：一个来路不明，还背个孩子的乞妇，谁会去跟她“裹”不清白？！于老头还是个有辉煌历史的正厅局级老干部呢，所以旁人的议论都是这样：“也就是女叫花了，别人谁敢跟于老头？”“也就是于老头了，党里也算个老家伙，换了别人，谁敢在大街上找快活？”对这事合乎常理的评说就是这样。严歌苓再让另一个特异的因素叠加进来——某地有麻风病人造反出逃，乞妇萍子，有麻风病嫌疑。一个龌龊老头，加一个麻风病女乞丐，他们之间再有点什么，该是多么让人无法忍受的脏！可是在严歌苓笔下，负负得正，一个于老头居然出新了：本来他满脸都是藏污纳垢的皱纹，遇见萍子，他“还是一笑就有三张脸的皱纹，但这次却是新皱纹，没藏着老垢”。街上的人对萍子都是漠视、鄙视，这本是人之常情，唯独于老头，他去跟她说话、帮她抱孩子、给她安排地方住、给她毛巾香皂让她去澡堂洗澡，这些作为，却合乎于老头的情理。在于老头的观念里是没有常人所谓的等级之分的，他的内心有着上等人所天然匮乏的温度。他这一点，又让我想起薛蟠——尤三姐自刎了，柳湘莲跟着道士走了，薛蟠闻讯赶忙带着小厮四处寻找，找不着，他哭了好几场，而他那个几乎算是完人的冷美人妹妹，听了这些事并不在意，随即就说到哥哥贩来的货物上去了。于老头和薛蟠一样，是个热心肠人。穷途得遇贵人相助的乞妇萍子看于老头，看见的是“一位首长”，英武、成熟、沧桑、多情，“八面威风的于司令在萍子眼前还原了”；于老头又何尝不盼望自己被人看成这般模样？他在这个女人眼里还看到了真心，他也终于懂得了珍惜。温情在他俩中间荡漾，春天的这场梨花疫，多么美啊，在他们身周疯闹、捣乱，朝他们喷水的女孩们——穗子她们，是这幅风俗画中极美的点缀。那时候穗子还小，对这事一知半解，等她成年后，她把这桩事情按她的理解补齐，书写完整。一个本来为伤风败俗的故事，竟被她讲述得曲折委婉、美不胜收。严歌苓是个会讲故事的作家，她有足够的才力、魄力来写一个惊世骇俗的“悖反”的故事。

但，技巧只是写作的一部分。一个作家把世界写成什么样，取决于他看世界的心灵。

她的她们

严歌苓在尼日利亚住的时候，她的身份是外交官夫人。大使馆分给他们一幢带荒芜后院的房子，她想在那里种菜。管理员说，可以让院里雇用的清洁工帮她垦荒，打发给他两三百尼拉就行。三百尼拉等于美金两块八角。等严歌苓把那个总是把腰折下一百二十度、用一把小刷子一样的扫帚一寸寸扫院子的清洁工叫来，跟他讲的时候，她心里明明在想，两三百尼拉能垦一片荒，我也开得起千倾橡胶园，我也会发财，可她张开嘴说的却是：

“一千七百尼拉，你认为公道吗？”

她自己也觉得冷不防。又想到尼日利亚人都把讨价还价当成娱乐，假如他再抬价怎么办。清洁工只看着她。他突然说：“愿上帝保佑你。”

这个葆有着从殖民时期的祖辈传下来的对主人、对工作均小心翼翼的黑人清洁工，在那一刻，从眼前这位美丽高贵的夫人的脸上看见上帝的神光。

要做一名作家，要件是什么？你对人，要有上帝般的理解和同情，以及一颗天使般的心。

曾有一回，严歌苓在芝加哥的“蛋铺”（egg store，分布在各贫民区的著名食品减价商场）里看到一位八十多岁的美国贫苦老妪，缩在角落里动弹不得。老妪手里攥着几枚硬币，是出来给她和她的一群猫、鸽子采购一周的食物的，食物就是两桶牛奶，但是她的脊柱弯成 S 形：“我的脊梁要杀死我了！”严歌苓蹲下身，把身子蹲得和她一样矮小，去听她说话，并试着去拉她的手，疼痛使她尖利地惨叫。

我把两大桶牛奶放到手推车上，从她婴儿一样尖细的期期艾艾中，我弄明白了，她在这儿佝缩了一个来小时了，就是想把脊背的疼痛挨过去，再把两桶牛奶搬上购物车。我左手推着她的车，右手环过她的背，插在她的右腋下，等于将她的体重全挂在我的右臂上。我感到她整个人不比两桶牛奶重多少……

她就这样一身担着老太太和牛奶，走到马路上，送她回家。只三个街口，她们走了将近一小时。老太太身上是类似动物园里的腥膻气味。到家了，一大群鸽子轰炸机一样朝她俩冲来，二十多只猫开始你死我活的欢宴。

严歌苓笔下的女主角们，很多人都有“严歌苓性格”。我从《也是亚当，也是夏娃》里认出了一个女孩子，那是二十出头的严歌苓：她站在北京西单食品商场里排队买冻带鱼，有人插她的队她就往后让，给他们腾地方。这就是这种性格的源头。它逐步饱满——小渔什么亏都能吃，瞒着所有人吃苦，以求大家和睦相处；扶桑的身体盛纳她的践踏者，如海底的流沙盛纳肆虐的大海，她宽恕一切；到了王葡萄，她的仁爱是浑然不分的，她的生命是恣肆强悍的，她有着大地一般容纳万物、生生不息的能量。她们的成长，就是严歌苓自身成长的折射，她说过：“王葡萄可能是我的原型。”

是的，她们就是她——

少女小渔有一副好心眼。她男友把她办到了澳洲，她听从他的安排，跟个意大利老头假结婚以便居留。这么干的人多了去，多数女孩都觉得要疯：跟个猪八戒样的男人，即使是做戏！可是从小渔的好心眼望出去，糟老头反倒是值得同情的，那么大年纪了还在这幕丑剧中卖力地演，他一生为什么没真的做一回新郎呢？小渔看他，他的邋遢龌龊的生活是可以理解的，他和他情妇的“颇低级又颇动人的关系”“一塌糊涂的幸福”是让她很感动、很感动的。小渔希望任何东西经过她的手能变得好些，也相信人和人“过过总会过和睦”。老头本来总想找小渔诈点儿钱，后来居然上街拉琴卖艺——本来卖艺他是抵死不肯的——他想送给小渔一张月票。这天遇雨，小渔看见了老头——

……忙乱中的老头帽子跌到了地上。去拾帽子，琴盒的按钮开了，琴又摔出来。他捡了琴，捧婴儿一样看它伤了哪儿。一股乱风从琴盒里卷了老头的钞票就跑。老头这才把心神从琴上收回，去撵钞票回来。

雨渐大，路奇怪地空寂，只剩了老头，在手舞足蹈地捕蜂捕蝶一样捕捉风里的钞票。

小渔刚一动就被按住：“你不许去！”江伟说：“少丢

我人。人还以为你和这老叫花子有什么关系呢！”她还是挣掉了他。她一张张追逐着老头一天辛苦换来的钞票。在老头看见她，认出浑身透湿的她时，摔倒下去。他半蹲半跪在那里，仰视她，似乎那些钱不是她捡了还他的，而是赐他的。她架起他，一边回头去寻江伟，发现江伟待过的地方空荡了。

只有小渔，能看见这邋遢老头捧琴的手势如捧一个婴儿——他疼它，他是个父亲一样的老人呀。而老人仰脸看她，分明是在看一个天使。还有王葡萄，她每天夜里偷偷挖地窖，挖了一个多月，把二大转移下去。她用根绳系在他腰上，绳子一头抓在她手里，怕他踩失脚。二大胸口里面还带着枪子儿，两个直打虚的脚踩在窖子壁上，一阵万念俱灰。他抬起头，看见上面的葡萄脸通红，两手紧抓住他腰上的绳子，绷紧嘴唇叮嘱："爹，脚可踩实！"

——这就是严歌苓。一身担负着二大的葡萄，就是一身担负着陌生老妪的歌苓，只有这样的心灵，才能写出这样的故事呀。

庖丁解牛

再看一眼《花儿与少年》中的晚江——

她做事的样子非常迷人，手势、眼神、腰肢，都像舞蹈一样简练而准确，没有一个步伐、动作多余。假如说晚江是这场酒会的主演，她的表演惟有瀚夫瑞一个人观赏。惟有他有如此眼福看晚江舞蹈着变出戏法：鲜蘑一口酥，鸡汁小笼包，罗汉翡翠饺，荞麦冷面。……薄荷鸡粒登台了。一片片鲜绿的薄荷叶片上，堆一小堆雪白的鸡胸颗粒。这场操作有几百个动作：将预先拌好的鸡肉一勺勺舀起，放在两百片薄荷叶子上。换了任何人做，失手是不可避免的，而一失手就会使节奏和动作乱套，一切就成了打仗。而晚江像对前台的一百多食客毫无知觉，那一百多张嘴连接起来是多长一条战线，她毫不在意；她只做她的。闲闲地一勺一勺地舀，一片叶子一片叶子地填，以一挡百，一个打错的靶子都没有。

这又是严歌苓附体了。她说她这一生只有两件事做得好：写作和烧饭。Larry 有口福，他说，歌苓是旧金山湾区最好的中国菜厨师，直到 2000 年来了一位天赋异禀的专业厨师之后，她才屈居第二。“歌苓的烧菜才华和她写作的天才是来自同样的创作源泉。它肯定不是从大脑的逻辑部分出来的。”她善做菜，手艺精湛，身段又漂亮。我不曾亲见，想象大约就像电影《朱莉和朱莉亚》里朱莉亚在厨房的那段，锅碗瓢盆仿佛是一套乐队在她的指挥下交响，孰先孰后都有精妙的控制。

王葡萄也会做菜，蝗虫都给她焙得香喷喷。葡萄干活儿“手、脚、身段都不多一个动作，都搭配得灵巧轻便”；二大也一样是劳动好手，干活儿“浑身没一个废动作”，他在黑暗的地窖中自如地扎苕帚、打麻绳、编渔网，摸黑做的活儿都那么漂亮。葡萄和他都是不用点灯就能在地窖里行动，一个动作也不出错，一个东西也不碰砸，交接手也完美配合。他们都是能干人，能干人才能欣赏能干人。王安忆在散文《日常生活的常识》中写道，看一个好把式干活，是赏心悦目的，他们的一招一式，简洁有效，相当优雅。宗白华先生说，一切技艺的最高境界都是“舞”，如庖丁解牛：“手之所触，肩之所倚，足之所履，膝之所踦，砉然响然，奏刀騞然，莫不中音；合于桑林之舞，乃中经首之会。”严歌苓本来就是个舞蹈者，她做事情也像跳舞。

……我扔下沉重的书包便跑，杰出的前舞蹈者的腿没有辜负我……

她当然不会辜负她自己。

严歌苓的严

“我有明珠一颗。”严歌苓的父亲，喜滋滋地这样说他的掌上明珠。他写了一辈子，最好的作品是这个女儿。还有什么比生出个天才女儿更能证明自己的文学成就呢。

她小的时候，他也曾像别的父亲一样逼她做算术：“一元一次方程式你都搞不清你还有脸做学生？！”她十二岁，他把她送去当兵。他可真舍得，可也是真英明。女孩先天体弱，自小吃不香睡不沉，后来在部队人说也是“经常晕倒，发烧住院”。一个豌豆公主，在世间是无法存活，不如把她当钢铁熔炼。见过严歌苓的人都说她优雅精致。想通了，精致就是经过粗重蚀骨的磨砺而成，磨得少的反倒是粗坯。如此一个严歌苓居然是行伍出身？她就是行伍出身。她上过前线，搬过尸体，喝过钢盔里煮的鸡汤，这些经历是她生命中密实坚硬的矿藏。它甚至对语言都有微妙的影响，看这句：

女儿出落成个标致女郎，是在一九九七年六月一日下午三点五分。南丝从伊芙圣洛琅女用打火机吐出的蛇信子般的火苗上抬起眼睛，这样确认了。细长的摩尔烟卷架在她向后弯翘的两根手指之间，精心育植的两支尖细指甲与香烟取成一个准星，使女儿和她心目中十四年来的一个瞄准无误地重叠。

这句子，精妙、新奇、紧密都趋于极致，又暗含了时间历程，可与张爱玲《金锁记》中的名句“镜子里的人也老了十年”相媲美。赞叹的同时，读它的人应心有所悟，这是一个拿过枪的人写出的句子。

严歌苓在哥伦比亚大学攻读学位时，阅读了不少大作家的传记，发现这些文学泰斗们都具备一些共同的美德和缺陷，诸如“铁一样的意志、军人般的自我纪律、或多或少的清教徒式的生活方式”。她对他们的发现，暗含着对自身的观照，她对“清教徒”还有这样的解释：“……包括他们对待自己每日具体的艺术创造，就像对待一件宗教功课：只求心灵的付出，不求肉体的获得。”她对待写作就是如此，在相当长一段时间里，她甚至坚持午饭只吃半饱，因为“吃个大饱午饭的恶劣后果是个大长午觉”；失眠的夜，她熬自己，榨自己，夜夜都占据着一扇长明的窗。这样严格、严厉的自我纪律，一定程度上是在早年的部队里得到了规训，另一部分应是源自天性——因为能够培养的都是天性中本来有的因子。“纪律”是被 Lawrence Walker 列为使严歌苓的文学事业不断进步的三大因素之一（另外两个是“词汇量”和“创造力”），她自己则认为她的“严”——严格、对自己近乎“法西斯”，是她成功的第一因素。她说，聪明是顶靠不住的东西，一个人最优越的素质是顽强、坚韧。

严歌苓的祖父是留美博士、教授，父亲是作家，母亲是歌剧演员；她自幼喜爱文艺，内心善感。这女孩将来肯定是搞文艺的，即便参了军，当上文艺兵，跳那么多年的舞，她终究会穿越那些“歧路”（严歌苓在接受台湾田新彬先生专访时说：“……我意识到舞蹈其实是一条歧路，写作才是我真正安身立命之所。”），抵达她宿命中那条写作的路。有的人生来就是为了写的，没有什么东西能够阻止，即使他自己。像蒲松龄，他自己并不甚看得起他写的《聊斋志异》，他毕生追求科举，科举失意，他认为一生虚度了，可是他又本能地在写他的小说，他不写大概也活不了。这就叫天生丽质难自弃。

严歌苓十九岁，发表了第一篇小说《七个战士和一个零》，拿给她父亲看。他大吃了一惊——

“我从来没看见她有写作才能，我觉得她喜欢舞蹈音乐，未来的发展向造型的动态的这方面多，芭蕾的民族的，西方东方的糅在一起的舞蹈，没想到是这样出手不凡，写了一个让我大吃一惊的……”

他没有瞄准，可是他的女儿，竟然和他自己的理想无误地重叠了。

你的女儿，是你的惊喜。她将来还会给你更多惊喜。别怕把一个女儿培养得太好了将来没人配得上，严家女儿在长成，地球的另一边也有一个叫 Lawrence Walker 的青年在等着和她遇见。女孩子的好若是欠几分，Larry 也就没她的份了。

她的名字太漂亮。“歌”之后，“苓”就像一个轻盈的旋转舞姿：足尖轻点，双臂微张。这名字一点不像是 1958 年大陆出产的，但这就是她的真名。

她是老萧和贾琳的女儿，

小时候长得很秀气，喜欢看书的。

她参军了，去跳舞了。

她上战场了，写起东西来了。

她结婚了，她出书了。

她离婚了，她出国了。

她在美国读书，打工、买旧货、吃减价食品；

她在台湾得遍所有的文学奖，他们敬她如女皇。

一个老美娶走了她——

娶走了我们最拔尖儿的姑娘，他情愿挂了官来娶她。

她越来越有名了，谁都知道她了。

她越来越漂亮了，时光倒流了。

她在全世界地住和跑，

但她还是我们的。

歌苓——

她还是从前那个姑娘，

她有副好心肠……

2012年3月6日—3月15日

（本辑三篇文章是国家社会科学基金青年项目“严歌苓小说的绘画、音乐及舞蹈意蕴”［11CZW064］的阶段性成果。）

附录一 作者攻读博士期间出版、发表情况一览

（一）学术部分

《长篇小说体的文学史——〈插图本中国现代通俗文学史〉读后》

《写作》2010年第2期

《小人书的前世今生》

《长江学术》2010年第3期

《两个人的〈山乡巨变〉：从连环画看原著》

《中国现代文学研究丛刊》2010年第6期

另，因发表《那些落尽繁华的名字》一文，2008年受范伯群教授之邀，赴复旦大学参加“建构中国现代文学多元共生新体系——暨《中国现代通俗文学史（插图本）》国际研讨会”和“海外中国现代文学教学方法与教材国际学术研讨会”，并在前一会上发言《长篇小说体的文学史——评〈中国现代通俗文学史（插图本）〉》。

（二）创作部分

《小麦的小人书》（散文集） 北京大学出版社 2009 年 6 月

《小麦的穗》（散文集） 南方日报出版社 2010 年 10 月

《关关雎鸠》（插图本长篇小说） 重庆出版社 2012 年 4 月

《那些落尽繁华的名字》 《文学自由谈》2007 年第 5 期

《水边》 《文学自由谈》2008 年第 1 期

《宇文家的事（外一篇）》 《文学自由谈》2008 年第 2 期

《成为简》 《文学自由谈》2008 年第 3 期

《浮生旧梦说连环（古装系列）》 《文学自由谈》2008 年第 5 期

《一钱白露一钱霜》 《文学自由谈》2008 年第 6 期

《浮生旧梦说连环（山乡系列）》 《天涯》2008 年第 4 期

《浮生旧梦说隋唐（局部）》 《天涯》2009 年第 2 期

《浮生旧梦说隋唐（全本）》 《读库 0903》

《化身》 《文学自由谈》2009 年第 2 期

《小人书：打仗系列》 《人民文学》2009 年第 3 期

《小人书：贺家班》 《人民文学》2009 年第 5 期

《小人书：好姻缘》	《人民文学》2009 年第 7 期
《自古来草膘料劲水精神》	《美文》2009 年第 1 期
《梅子欠点儿酸》	《美文》2009 年第 2 期
《杏黄时节割麦子》	《美文》2009 年第 3 期
《海边出生，海里成长》	《美文》2009 年第 4 期
《上河里鸭子下河里鹅》	《美文》2009 年第 5 期
《青花瓷器》	《美文》2009 年第 6 期
《但使相思莫相负》	《美文》2009 年第 7 期
《闭门推出窗前月》	《美文》2009 年第 8 期
《好一朵带刺的玫瑰花》	《美文》2009 年第 9 期
《一娘生九子》	《美文》2009 年第 10 期
《若佛》	《美文》2009 年第 11 期
《杨康的一种假定》	《美文》2009 年第 12 期
《小人书：打仗系列》	《散文选刊》2009 年第 6 期
《盖满川》	《散文选刊》2009 年第 12 期
《凤求凰》	《散文选刊》2011 年第 1 期

附录二 女博士蔡小容的蝶变

《楚天都市报》记者　刘我风

蔡小容博士把自己生孩子之前的所有岁月称作“前世”。33岁，宝宝出生，她进入现在时态的“今生”。

在“前世”里，蔡小容曾经是宜昌市外语类的高考状元、武汉大学英美文学专业硕士、武汉大学外语学院最年轻的副教授，还有一个以散文和小说名世的笔名“麦琪”。进入“今生”，她在孩子1岁半时跨专业考上中国现当代文学博士。4年间，她一边带孩子一边攻博，在教学工作量不减的情况下，还出版了散文集《小麦的小人书》《小麦的穗》和长篇小说《关关雎鸠》。2011年，她博士毕业，并获得国家社会科学基金青年项目“严歌苓小说的绘画、音乐及舞蹈意蕴”。

我是蔡小容的老读者了。今年12月12日，终于见到了这位“眼睛大得可以养鱼”的女博士。

父母是女儿的前世

见到蔡小容是在她的家里。读过她的多部散文，还有长篇小说《关关雎鸠》（又名《日居月诸》），知道她在湖滨 8 舍的筒子楼住过 6 年，看到眼前错落有致的三房两厅，很为她欣慰。

“1993 年你本科毕业的时候，英语是大热门，英文系的学生可以找到收入可观的工作。你怎么会甘于清贫，选择留在学校里教公共课呢？”

“因为我留恋武大这个大环境，喜欢读书啊！”蔡小容拥有客家人浓烈的五官，但说话完全没有客家口音，“武大也是我父亲的母校。我父亲是印尼归侨，他 1953 年一个人回到国内，在上海读完初中高中，1959 年顺利考上武大数学系，没想到‘背运’地赶上了 3 年困难时期，赶上了印尼排华。家里的钱再不能汇到中国，国内又举目无亲，他苦撑到大四，终于神经衰弱，不得不提前一年肄业。学校在给他安排工作时说了，全国各地都由他选，各个行业他都可以做，譬如可以留在学校里做行政工作，但他选择了宜昌的曙光钟表商店。先是修表，后来做材料的保管工作。选择修表，是因为他从小就自己琢磨会了；选择做保管，则是因为有时间读书……”

“你爸爸在同事眼里是个怪人吧？”

“大概吧，一个大学生去修表，岂不是一辈子的书白读了——我父亲在钟表店拿了10多年的学徒工资，25元钱，刚刚够他一个人吃饭过日子，直到32岁才经人介绍回广东揭西县河婆镇（著名侨乡）老家认识了我妈。他们俩认识3个月就结了婚。他们都是一类人，一生不会讨价还价，也不会投机取巧，怯弱，不会向外争取，只知道向内苛求自己。所以他们相隔千里，相隔上十岁都会碰头，然后再生出一个也是这种性子的我。”

蔡小容出生的时候父亲已经37岁。她1岁3个月就认识很多字，刚刚把笔拿稳又无师自通开始了画画。她的字和父亲一样，不受任何书法字体的影响，自成一格。她从小跟着父亲读《儒林外史》《封神榜》《汉魏六朝小说选》，看父亲在纸上推导演算各种数学题。初中学代数时遇到“杨辉三角”，才发现是学龄前父亲教她玩过的数字宝塔游戏。她高中毕业成为宜昌市的外语类高考状元，那些从小看着她长大的熟人们才说：“蔡师傅的书还是没有白读，他的书都读到女儿身上去了。”现在蔡小容更加知道：“世界上没有白走的路，更没有白读的书。”

阅读是写作的前世

大学4年，蔡小容去得最多的地方是图书馆，留校后更是成为图书馆的常客。她以“麦琪”为笔名发表文章是大学四年级。从1993年留校任教到2003年,她先后出版了《爱与咳嗽不能忍耐》《用耳朵喝酒》《流金》《寻找我们的传奇》等4部散文集，并有一部自绘插图的长篇小说《日居月诸》在《十月》杂志发表。

“在大学里工作，你怎么平衡散文、小说的创作与专业论文的写作呢？”

“如果说此前我都是被动地接受教育——接受父母教育、接受学校教育、接受书本教育，那么，从我动笔开始写散文写小说，我就开始了一个漫长的自我教育过程。大学公共外语的教学，并非一项纯技术的工作,它需要一个更宽广的底座和更稳妥的重心。我坚持读书和写作，是希望提高我的理解力、思考力和表达能力，建立一个属于我自己的体系。我希望因为胸中这一体系的存在而气度饱满，这个体系的作用会辐射到我的教学工作上……而且，专业论文的写作我也没有荒废啊，我的英文论文‘Hua Mulan: The Cross-Cultural Woman Warrior’还获得了湖北省优秀硕士学位论文奖呢。”

写作是今生的救赎

“当下很多年轻妈妈，生下孩子后家务与工作不能两全，不得不辞职做全职妈妈。你既要带孩子，又要上班，还考上并如期读完了博士，相当于一个人干了两三个人的活，你是有三头六臂，还是千手观音呢？”

蔡小容低头腼腆一笑：“刚生完孩子，我每天还不就是喂奶——我其实奶水很不够，又不懂，看书上说是越喂越有，所以一喂就是一整天，旷日持久地喂，半夜爬起来喂，浑身疼痛，真没想到当妈妈是这样的。宝宝一会儿尿尿了，一会儿拉屎了。换尿片，打水给她洗，为她穿好衣服，把她安顿好，把尿片洗干净、晾干。这样做的目的不为别的，只为她再一次弄脏尿片，周而复始……孩子出生的最初几个月，我曾经建构起来的精神世界坍塌了。我珍爱的文字也像奶水一样，3 天不用，它就‘回去’了。报纸上说，北京有个女人，在地铁开来的那一刻跳下了铁轨。她死于产后抑郁症。我也曾在暗夜里瞪着窗外的夜色，有过朝那一方依稀的光亮扑过去的念头……”

“哪一件事帮你从抑郁里走出来呢？”

“孩子大点，慢慢好些了吧。她一岁多以后，我每天带着她到处玩，爬珞珈山，自己也很享受。关键还是我后来又写起东西来了。2006 年，我开始动念想写一系列有关连环画的散文。那时我还是没时间，有时女儿爸爸带她出去玩了半天，我就趴在桌上写个半天……文字回来了，我的灵魂也就回来了。我是‘不写就不能活’的人。”

“英美文学硕士，怎么想到跨界去考中国现当代文学博士？”

“我动念考博，是在女儿 1 岁多以后。此前 3 年，本校中文系的一位女研究生打电话给我，说她的导师让她来复印我在《十月》上发表的长篇小说《日居月诸》，希望我提供方便。来找我取书的是位男生，我给了他我的小说打印稿，还有我为此小说作的30多幅插图。事隔几个月再碰到这位男生，我问：你们的导师是谁呢？——话一出口，我忽然醒悟到这个问题上回就该问！上回我不止怠慢，看上去更像是傲慢。男生说，他的导师是昌切，他的女同学的导师是樊星。昌切、樊星，都是中文系的著名教授，他们厚意垂爱，而我连问都不问，怎么弥补呢？考博吧！把这个事情做圆。我就报了樊星老师的博士。回想攻博4年，我劳顿不堪、形销骨立地带着孩子，一边在外文系讲课一边在中文系听课，一边熬夜写文章投出去……当时的我不知道，我即将步入我的黄金时代。”

（载《楚天都市报》2012年12月17日

B01版“人文周刊·大家影集”）